빼기의 여행

빼기의 여행

송은정 지음

프롤로그

어떤 여행은 떠날 때보다 집으로 돌아가는 순간이 더욱 기대된다.

가령 일본 교토를 다녀온 뒤에는 잘 살고 싶은 욕구가 샘솟는다. 생활을 허투루 대하지 말자고 다짐하게 된다. 이른 아침 집 앞을 비질하는 할머니의 부지런한 뒷모습을 보며 앞으로 뒤집어진 양말은 바로 돌려 세탁기에 넣자고, 소금에 절인 벚꽃을 올린 쌀밥, 미소국, 세 가지 반찬으로 차린 포근한 식사를 대접받은 뒤에는 귀찮더라도 반찬은 소담한 그릇에 덜어 먹자고 작은 결심을 세우는 것이다. 그런다고 무엇이 달라질까. 적어도 내 삶의 품위를 유지하려고 노력하는 사람이 될 확률만큼은 높아진다.

이탈리아의 남쪽 섬 시칠리아에서는 포기하는 즐거움을
배웠다. 휴식에 잠긴 한낮의 텅 빈 거리를 걷고, 구글과 현
지 주민과 운전기사가 알려준 서로 다른 버스 출발 시각에
허둥대다가, 자꾸 정전이 되는 바람에 오븐에서 굽다 만 새
우를 까먹어야 했던 그날 밤. 나는 어딘가 '덜' 완성된 채 흘
러가는 하루를 향해 결국 크게 웃고 말았다. "뭐, 어쩌겠어"
싶은, 헐렁한 마음 상태가 주는 이상한 안도감. 어떤 포기는
나와 사이좋게 지내기 위한 지름길일지도 모른다는 사실을
이때 깨달았다.

　하지만 모든 여행에서 떠나기 전의 기대가 온전히 충족
되는 것은 아니다. 아무에게도 자랑하고 싶지 않을 만큼 여
행이 처참하게 종결되는 경우 또한 드물지만 이따금 경험
한다. 상황이 뜻대로 흘러가지 않을 때 나는 '카버의 법칙'
을 슬며시 떠올려본다. 그것은 "미래를 위해 물건을 쌓아두
지 않고, 날마다 자신이 가진 가장 좋은 것을 다 써버리고서
더 좋은 것이 생기리라" 믿은 소설가 레이먼드 카버의 일상
습관이다.

　그렇다면 여행자에게 가장 귀하고 소중한 것은 무엇일

까. 아마도 그건 간신히 얻어낸 휴가와 1년짜리 적금, 티끌 같은 체력일 테다. 낯선 도시에서 이 세 가지를 아낌없이 쓰는 동안 우리에게 어떤 행운이 찾아올지 아직은 미지수다. 실은 무엇도 오지 않을 수도, 아주 늦게서야 찾아올 수도, 혹은 이미 다가온 행운을 눈치채지 못할 수도 있다. 왜냐하면 이 법칙이 가져다줄 '더 좋은 것'은 현재를 즐기는 마음에서 비롯하기 때문이다.

자아나 의미를 발견하기는커녕 소매치기를 당하고, 애인과 싸워 묵언 수행을 하고, 태풍이 불어 숙소에 꼼짝없이 간히고, 향신료가 입에 맞지 않아 삼시세끼 과일만 먹고 마는 여행이 있다. 그때 어디선가 '더 좋은' 무언가가 일어나고 있진 않은지 잠깐 멈춰서 살펴보는 것만으로 우리의 여행은 달라질 수 있을까. 적어도 팔짱을 풀고 "뭐, 어쩌겠어" 하며 실없이 웃게 되거나, 길 잃은 골목에서 누군가의 바지런한 생활을 마주치게 될지도 모를 일이다.

이 책은 그렇게 망설이고 주춤하다 이내 천천히 나아가는 사람의 시시콜콜한 이야기다.

2. 빼기의 마음

3. 빼기의 하루

#교토 #도쿄 #사이판 #코펜하겐 #아이슬란드

1

빼기의 여행

가장 느리게 목적지에
도착하는 기술

〈파리로 가는 길〉은 제목에 이끌려 본 영화였다. 에펠탑과 남녀 주인공을 전면에 내세운 직설적인 포스터가 흥미를 반감시켰지만 '대책 없이 낭만 가득한 프렌치 로드 트립'이라는 카피에 결국 혹하고 말았다.

줄거리는 심플하다. 영화제작자인 남편을 따라 칸 국제영화제에 온 앤이 홀로 파리로 가게 되자, 남편의 사업 파트너 자크가 그녀를 파리까지 에스코트하기로 자처하면서 여행은 시작된다. 사실 이 '여행'은 앤이 기대한 바가 아니다. 그녀는 그저 낯선 남자의 차를 타고 칸에서 파리로 무사히 '이동'하길 바랐을 뿐이다. 반면 자크는 앤의 소박한 바람을 산산이 깨트린다. 와인 맛이 좋은 레스토랑이 있다며 운전

대를 꺾고, 근처의 로마 시대 유적지를 보여주겠다며 방향
을 튼다. 달리는 도중에 차가 고장 나자 이번엔 호텔에서 챙
긴 도시락 바구니를 트렁크에서 꺼내더니(대체 어느 틈에 준
비한 것인지!) 호숫가에서 피크닉을 즐긴다.(물론 그는 차가
고장 나지 않았어도 아무 이유를 들어 피크닉에 나섰을 것이다!)
리옹에 들러서는 세계 최초로 영화를 상영한 뤼미에르 형
제의 박물관과 재래시장을 구경하고, 그의 친구를 불러 함
께 식사까지 하는 여유를 부린다. 칸에서 파리까지 일곱 시
간이면 충분할 거리를 1박 2일에 걸쳐 굽이굽이 향하는 동
안 의심 가득했던 앤의 태도에도 변화가 생긴다. "오늘 파리
로 갈 수 있는 건가요?"라고 묻는 대신 자신이 가보길 원하
는 곳을 먼저 표현하기 시작한다.

　사실 이 영화에 대한 나의 첫 감상은 짜증이었다. 무엇보
다 상대의 동의 없이 제멋대로 루트를 바꾸는 그의 예측 불
가한 행동이 거슬렸다. 사탕을 문 듯한 말투로 다정한 모습
을 보이지만 내 눈엔 그저 배려 없는 태도로 느껴졌을 뿐이
다. 더구나 그것이 프랑스적인 태도로 미화되는 모습이 좀
처럼 납득하기 어려웠다.

그럼에도 불구하고 영화의 엔딩 크레딧까지 참을 수 있었던 건 칸에서 파리에 이르는, 장소의 물리적 이동을 넘어선 여행의 충만함 때문이었다. 세상 누구보다 가장 느리게 목적지에 도착하는 기술을 가진 자크의 여행법에 나 역시 매혹된 것이다.

이동이 목적지를 향해 직선으로 달리는 행위라면, 여행은 목적지에 닿기까지 가능한 한 우회하려는 시도이지 않을까. 영화의 끝에 이르러 그런 생각에 들었다. 제시간에 도착하는 것을 목표로 삼는 대신 잠시 쉬었다가, 엉뚱한 길로 빠져보았다가, 이윽고 지나온 길로 다시 돌아가길 망설이지 않는 것. 아이러니하게도 자크와 앤이 누린 여유는 길을 우회함으로써 얻은 여분의 시간이었다. 에두른 만큼 시간의 속도는 더뎌지고 눈앞에 주어진 순간을 보다 깊게 음미할 수 있었다.

영화 속에서 앤은 언제나 사진을 찍고 있다. 그의 라이카 카메라에는 흐드러지게 핀 들꽃, 접시에 담긴 먹음직한 요리, 직물의 정교한 무늬, 달콤한 초콜릿 조각이 클로즈업으로 담겨 있다. 칸에서 파리까지 멈추지 않고 달렸다면 결코 만나지 못했을, 아주 작고 사소한 발견들이다.

　지난 봄 특별한 임무를 띤 채 교토로 떠났다. 이미 수차례
방문한 도시지만 여행서 출간을 위한 취재는 이번이 처음
이었다. 사정이 그렇다 보니 출국 직전까지 신경 쓸 게 많았
다. 구글링, SNS, 직수입본 일본 매거진 등을 통해 가볼 만
한 스팟을 추리고 엑셀 시트에 방문리스트를 정리했다. 이
윽고 준비를 마쳤을 무렵 구글맵은 사막의 밤하늘처럼 수
많은 별들로 반짝였다. 즐겨찾기처럼 스팟마다 노란색 별
마크를 찍어둔 흔적이었다.

　문명의 발달 덕분에 나는 서울에 머물면서 교토의 거리
를 마음껏 활보했다. 그러는 동시에 별과 별 사이의 거리,
대중교통 노선과 도보 이동 시간을 계산해 최적의 동선을
짰다. 그러고도 성에 차지 않을 땐 구글맵 스트리트 뷰로 주
변 환경과 분위기를 가늠해보기도 했다. 취재가 목적인 만
큼 효율이 중요하기 때문이다. 이렇듯 가지 않고도 이미 다
녀온 듯한 기분의 가상여행은 발보다 손이 고생이었다. 종
일 스마트폰으로 검색하느라 결국 손목터널증후군이 찾아

오고야 말았다.

사전 조사에 공을 들인 만큼 교토에서의 하루는 예측 가능한 즐거움과 아쉬움으로 채워졌다. 오차 범위 내의 무사한 나날이었다. 하지만 별에서 별로 분주히 이동하는 여행이 마냥 즐겁지만은 않았다. 근사한 카페든 식당이든 식물원이든 진득하게 즐기기는커녕 자리를 옮기느라 바빴기 때문이다. 해가 저물면 기동성이 떨어지고 사진 촬영마저 곤란해졌다. 여유는 사치였다. 가모강 둔치에 앉아 사람 구경할 틈 같은 건 꿈도 꿀 수 없었다. 결국 교토에 온 지 일주일도 채 되지 않아 체력의 한계에 부딪혔다. 매일 20여 킬로미터씩 걷다 돌아오면 씻는 일조차 곤혹이었다. 젖은 머리칼을 내버려둔 채 침대에 걸터앉아 편의점 스위츠를 종류별로 맛보던 밤이 언제였더라. 산 지 이틀 된 푸딩과 롤케이크를 휴지통에 버리며 처음으로 집에 돌아가고 싶은 충동이 일었다.

그러던 어느 날, 오차 범위 밖의 상황이 닥쳤다. 취재의 중요 조력자인 스마트폰이 고장난 것이다. 충전 단자에 문제가 생긴 듯했다. 남은 배터리 용량은 23퍼센트. 구글맵을

종일 쓰기엔 턱없이 부족하다. 머리가 지끈거렸다. 당장 일
정이 틀어질 것도 문제지만 타고난 방향치인 내가 길을 잃
지나 않을지 걱정스러웠다. 고민 끝에 예정된 일정을 포기
하고 숙소에서 가까운 은각사 주변만 우선 둘러보기로 했
다. 비상시를 대비해 스마트폰 전원을 끄고 배낭 안주머니
에서 관광시도를 찾아 꺼냈다. 교토에 온 이후 눈길조차 준
적 없던 지도가 유일무이한 대안이 된 것이다. 하지만 아직
안심하긴 일렀다. 주요 관광지 주변을 제외하면 대부분의
동네 골목이 지도에 누락되어 있는 게 아닌가. 수고롭지만
필요에 맞게 선을 추가로 그려넣어야 했다. 다행히 가로세
로 반듯하게 구획된 교토의 골목은 따라 옮기기 수월했다.
그렇게 한참을 집중하다 손을 멈추면 동그란 펜촉 뒤로 새
로운 길이 펼쳐졌다.

　완벽하지 않은 지도와 방향치의 협업은 여행의 매순간을
재구성했다. 간신히 첫 걸음은 뗐지만 연신 엉뚱한 길로 빠
지기 일쑤인 것이다. 그때마다 "경로를 이탈하여 재탐색합
니다" 하고 가상의 내비게이션이 귓전에 경고음을 울리는
듯했다. 결국 그날 숙소에서 신코칸까지 도보 30분이면 충

분했을 거리를 두 시간쯤 걸려 도착했다. 지표가 될 만한 빌딩이나 랜드마크가 없는 마을에서 종이지도는 무용지물에 가까웠다. 오히려 그 순간 힘을 발휘한 건 직관이었다.

분지인 교토는 동서남북마다 서로 다른 풍경을 띤다. 북쪽으로 히에이산의 장대한 산맥이 병풍처럼 드리워져 있다면, 동쪽은 서른여섯 개의 완만한 봉우리가 마을 주위를 나긋이 감싼 모습이다. 그리고 히가시야마로 불리는 이 일대에 청수사, 은각사, 고다이지 등의 관광명소가 모여 있다. 방향을 가늠할 수 없는 어느 삼거리에서 망연히 주위를 살피던 나는 중요한 힌트라도 얻은 듯 회심의 미소를 지었다. 지금 서 있는 자리에서 아득히 먼 정면에는 우직한 산이, 고개를 돌린 오른편에는 야트막한 능선이 펼쳐져 있었다. 나는 확신에 가까운 얼굴로 오른쪽을 향해 몸을 틀었다. 정처 없이 교토를 걷고 또 걸었던 과거의 내가 지금의 나를 안내하기 시작했다.

신코칸은 과거 황실의 별장이었다가 지금은 료칸으로 탈바꿈한 요시다산소의 부속 카페다. 알프스의 통나무 산장을 빼닮은 외관은 낡았지만 꼼꼼히 관리된 인상이었다. 손

때 탄 원목 테이블과 의자는 뒤틀린 곳 없이 지면을 단단히
딛고 서 있고, 마룻바닥에선 매끈하게 윤이 났다. 나는 히가
시야마 봉우리가 한눈에 들어오는 창가석에 자리를 잡았
다. 고민할 것 없이 시원한 아이스커피부터 주문했다.

테이블 위에 스마트폰을 대신할 노트와 고작 반나절 만
에 너덜너덜해진 지도를 꺼내 펼치고서 대강이나마 지나온
길을 복기해봤다. 비스듬히 누운 언덕을 따라 오밀조밀 모
인 주택가, 한산한 버스 정류장, 수로 사이에 놓인 돌다리.
인적이라곤 시바견과 함께 운동장을 느릿느릿 걷는 노인이
유일했을 것이다.

노트 가장자리에 쓸 날짜를 헤아리며 나는 거리가 텅 빈
이유를 새삼스레 깨달았다. 맞아, 월요일이었지. 평일 오후
란 무릇 학교와 일터 혹은 그 어딘가에서 제 의무와 책임을
다하는 시간이다. 판단과 선택, 효율과 쓸모가 앞서는 시간
이기도 하다. 토끼 모양으로 사과를 잘라 접시에 올리거나,
밀린 드라마를 정주행하는 데 정성을 쏟는 건 언제나 주말
의 몫이다. 손으로 그린 지도를 들고 거리를 배회한 오늘,
어쩌면 나는 평일 오후답지 않은 최고의 호사를 누렸던 것

일지도.

아까 전 골목의 정적을 깨트린 라디오 소음을 떠올렸다. 아득히 들리던 웅얼거림과 가까워질 즈음 나는 그것이 집 안에서 흘러나온 목소리임을 알아차렸다. 중저음 톤의 사오십 대 여성. 반쯤 열린 창문에서는 공기마저 함께 졸인 듯한 산상향이 은은하게 퍼시고 있었다. 순간 군침이 돌고 허기가 졌다. 도톰한 삼치에 채 썬 생강을 올려 보글보글 끓이고 있는 것일까. 아니면 동글한 알감자일까. 부엌 너머를 상상하며 크게 숨을 들이켰다.

평소보다 스케줄이 많은 날에는 먼저 초콜릿부터 구입하는 습관이 있다. 가방에 넣어두었다가 연이은 회의와 미팅, 몇 건의 통화와 교통체증 사이마다 하나씩 꺼내 먹으면 기운이 나곤 했다. 그리고 어떤 기억은 초콜릿만큼이나 달고 강력해서 사는 데 때때로 도움이 된다. 무엇도 달라지는 건 없지만 내일을 기약할 힘 정도는 얻을 수 있다. 나는 여행에서, 생활의 가장자리에서 그런 기억들을 알뜰살뜰 줍고 다닌다.

지하철 2호선 열차 칸에 한강이 가득 차오를 때, 소나기가 그친 뒤 붉은 노을이 구름을 물들일 때, 바람에 부딪힌 잎사귀가 차르르 소리를 낼 때, 유모차에 탄 강아지와 나란히 횡단보도 신호를 기다릴 때. 고작 그런 이유로 가던 길을 멈추고 카메라를 꺼내 들거나 맑게 웃음 짓는 사람들이 나는 사랑스럽다. 그들은 자신과 지난한 일상에 활기를 불어넣는 방법을 알고 있다. 자크와 앤이 수시로 차를 멈춰 세웠던 것처럼.

이듬해 봄 다시 신코칸을 찾는 나를 상상해본다. 그날의 우연으로 결정된 여정에서는 전망 좋은 언덕, 고양이가 노닥이는 작은 사찰을 지나게 될지도 모르겠다. 경로를 이탈했다는 내비게이션의 경고음에도 더는 주눅 들지 않을 것이다. 오늘과 다른 풍경이 경로를 이탈한 나를 기다리고 있을 것이므로. 참, 〈파리로 가는 길〉의 원제를 이야기했던가.

Paris can wait. 그러니 부디 서두르지 않기를.

나무를 위한
여행

누군가 안부를 물으면 입버릇처럼 하는 말이 있다.

"글쎄, 이유 없이 바쁘네."

빈말은 아닌 게 나는 항상 무언가를 신경 쓰고 있다. 지금은 기억나지 않는, 아마도 당시에는 중요하다고 여겨졌을 무언가를. 최근에서야 그것이 '오염된 시간'의 부작용이라는 것을 알게 됐다.

브리짓 슐트가 쓴 《타임 푸어》를 읽으며 수시로 무릎을 쳤다. 책에 따르면, 우리가 늘 바쁘다고 느끼는 이유는 시간이 오염됐기 때문이다. 달리 말하면 시간이 잘게 쪼개지고 파편화되었다는 의미다. 원인은 다양하다. 역할의 과부하, 높은 업무 밀도, 두 마리 토끼를 잡기 위한 멀티태스킹. 우리는 "직장에서는 집의 일을 걱정하고 집에서는 직장의 일을 걱정"하며 소모적인 불안에 시달린다.

인스타그램에는 하루 평균 앱 이용 시간을 알려주는 기능이 있다. 체크해보니 내 경우엔 하루 45분. 예상보다 짧은 시간이었다. 죄책감을 느낄 수준은 아니라는 생각에 괜한 안도감마저 들었다. 그런데 이상하다. 체감보다 실제 이용 시간이 짧은데도 SNS에 일상이 저당 잡힌 듯한 기분이 드는 건, 말 그대로 기분 탓인 것일까.

되짚어보고서야 깨달았다. 하루 일과의 이음새가 매끈하게 연결되지 않고 툭툭 끊어져 있다는 사실을. 잠이 들기 전까지, 툭. 전기포트가 끓는점에 도달하는 동안, 툭. 엘리베이터를 기다리는 사이, 툭. 문자메시지를 보내는 김에, 툭. 시계를 확인하면서, 또 툭. 수시로 인스타그램을 들여다보느라 일상의 마디마다 불필요한 구두점이 찍혀 있다. 게다가 나는 언제나 동시 접속 중이다. 인스타그램 피드를 넘기며 노트북으로 유튜브를 시청하고, 유튜브 채널을 고르며 밥을 먹고, 우물우물 밥알을 씹는 동안 저녁 약속 장소를 검색한다. 하루를 두 배속 빨리 감기처럼, 분신술을 쓰지 않아도

몸이 대여섯 개쯤 되는 것처럼 살고 있다.

　덴마크 코펜하겐의 프레데릭스베르공원을 찾아간 건 나무를 보기 위해서였다. 전날 밤 애인이 내민 사진에는 울퉁불퉁한 혹이 콕콕 박힌 거대한 나무가 줄지어 선 풍경이 담겨 있었다.

　"이 나무들을 보러 가자."

　애인이 말했고 나는 아무런 의심 없이 좋다고 답했다. 처음 보는 낯선 식물의 정체를 확인하는 것보다, 여행이라는 한정된 시간의 일부를 나무에게 내어주는 넉넉함이 좋았다.

　이른 아침 프레데릭스베르공원은 가벼운 활기가 흘렀다. 낙엽을 그러모으는 청소부, 언덕 아래에서 기체조를 수행 중인 여성. 무엇보다 유모차를 끌며 오솔길을 따라 조깅하는 가족이 자주 눈에 띄었다. 그러고 보니 코펜하겐에 도착한 첫날에도 무수히 많은 유모차를 지나쳤다. 자전거 대국이 아니라 유모차 대국이라는 감탄이 나올 만큼.

　여행을 하다 보면 그 도시만의 보폭을 감지할 때가 있다. 편안하고 자연스러운 보폭을 지닌 도시, 바짓단을 스치며

뛰듯이 걷는 도시, 수시로 "미안합니다" 사과하게끔 만드는 빠듯한 보폭의 도시. 코펜하겐은 어떨까. 엘리베이터와 지하철, 공원과 카페를 자유롭게 활보하는 유모차 행렬을 바라보며 나는 '나란히'를 떠올렸다. 나란히 걷고 나란히 서는 사람들. 이들은 앞서고 뒤서는 데 도통 관심이 없는 천연덕스러운 보폭을 가졌을 것만 같다.

사진 속 나무는 야트막한 비탈을 따라 사방에 흩어져 있었다. 언덕의 가장 높은 곳에는 네모반듯한 성이 자리를 오도카니 지키고 있다. 나무는 판타지 영화에서 느낄 법한 신비로운 분위기를 풍겼다. 이름이 궁금했지만 아쉽게도 힌트로 삼을 만한 안내판은 보이지 않았다. 우리는 이름 모를 나무 사이를 가로 지어 걷다가 뛰다가, 괜히 한 번쯤 서로의 양팔을 뻗어 기둥을 안아보았다. 닿지 않은 손을 사이에 두고 생긴 아득한 거리감에 순간 기분이 묘연해졌다.

유유자적 나무를 보고 오긴 했지만 사실 코펜하겐에서 보낼 수 있는 시간은 고작 하루 반나절뿐이었다. 그나마도 전날은 시차 적응하느라 곯아떨어지고 말았다. 마음만 먹었다면 이틀 같은 하루를 보낼 수 있었을지도 모른다. 한밤 그리기처럼 동선이 겹치지 않도록 관광명소와 맛집을 촘촘히 잇는 일정을 짰다면 경험의 폭도 좀 더 넓어졌을 것이다. 하지만 공원에서 나온 우리는 시내 중심가를 하릴없이 걸어 다녔다. 짧은 시간을 최대한 알뜰히 써야 한다는 강박을 뒤로한 채 그저 발길 닿는 대로 움직였다. 어쩌면 체념에 가까운 선택이었을지도 모른다. 얼마간의 귀찮음도 분명 한몫했을 테다. 그런데 놀랍게도 이 의도하지 않은 게으름은 기대에 없던 여유를 우리에게 선사했다. 주어진 시간의 총량은 여전하지만 시간을 누리는 태도나 마음가짐이 달라진 것이다. 이름 모를 나무를 대하던 우리의 얼굴이 여느 때보다 천진했던 것처럼.

'헤이' 쇼룸에서 북유럽 인테리어의 진수를 구경하고, 헌책방에서 가죽을 씌운 양장제본을 살까 말까 고민하다 보니 어느덧 일몰이 가까웠다. 갈증을 해소할 겸 우리는 카페를 찾아 스트뢰에 거리로 돌아왔다. 하지만 이 시간대 야외 테이블은 대부분 만석이거나 그늘진 자리뿐이다. 하는 수 없이 길모퉁이에 서서 구글맵의 '카페' 아이콘을 무작위로 눌러보았다. 그렇게 발견한 루프트톱 카페는 거리 주변이 한눈에 들어오는 멋진 파노라마 뷰를 가지고 있었다. 라운드타워의 구시가지 전경보다 소란하고 실감나는 풍경이다. 곧 해가 지려는 모양인지 부드러운 노을빛이 테라스 안쪽으로 쏟아져 내렸다. 찰나였을 것이다. 나란히 앉아 있던 모두의 얼굴에서 일순간 빛이 반짝, 일렁인 건.

결국 코펜하겐에서 가장 유명한 인어공주 조각상은 마주치지 못했다. 하지만 아무렴 어떤가. 그날 우리는 우리의 것을 보았다. 핑크빛으로 서서히 물드는 저녁 하늘과 운하에 놓인 도개교가 열리는 장면을 운 좋게 목격했다. 때마침 카메라가 방전된 바람에 사진을 찍진 못했지만, 대신 뒤꿈치를 빼꼼 들고 볼 수 있는 만큼 눈으로 담았다. 애석하게도 지금은 다리가 위로 들렸는지 양 옆으로 갈렸는지 정확히 기억나지 않는다. 하지만 그때의 잔잔한 흥분만큼은, 이윽고 사위가 어두워졌다는 감각만큼은 오래도록 남아 이렇게 한 줄로나마 쓸 수 있게 됐다.

비주기적으로 불면증을 앓는 나는 여행만 떠나면 어디서든 잘 자는 사람이 된다. 걸을 땐 주의 깊게 주변을 살피고,

먹을 땐 고독한 미식가처럼 오감을 발휘해 맛을 보고, 말할 때 낯선 언어에 신중히 귀를 기울이기 때문이다. 이렇게 어딘가에 종일 몰두한 날에는 침대에서 스마트폰을 뒤적이지 않고도 금세 까무룩 잠이 든다. 이런 상태를 보다 멋진 말로 표현한다면 바로 몰입이지 않을까. 그리고 오직 지금 이 순간만을 바라보며 신나게 뛰어노는 아이들은 몰입의 대가들이다.

어쩌면 2G 휴대폰을 쓰던 시절에는 몰입이 좀 더 수월했을지도 모르겠다. 256메가바이트 엠피쓰리에 담은 50곡 남짓의 음악 말고는 외부의 소음과 풍경, 나라는 사람의 종잡을 수 없는 감정 기복이 몰두할 수 있는 전부였으니까. 하지만 지금 내 손에는 언제 어디서든 세상과 접속할 수 있는 스마트폰이 쥐어져 있고, 나는 디지털 문명의 수혜에서 벗어날 의지도 없거니와 심지어 감사해하는 처지가 되어 버렸다. 어떡한담. 걱정부터 하는 대신 한번에 하나씩 시도해보기로 한다. 이제는 밥 먹을 땐 밥을 먹고, 책 읽을 땐 책을 읽고, 걸을 땐 걷기만 하는 일조차 어려운 미션이 되어버렸으니까.

조금의 기대도 없이
행복해졌다

인터넷 서점에서 도쿄를 검색하니 10여 종도 넘는 가이드북이 쏟아졌다. 레이아웃, 목차, 저자소개 순으로 내용을 살핀 뒤 선택한 가이드북의 첫 장에는 이런 문구가 쓰여 있었다. "독자의 1초를 아껴주는 정성". 덕분에 절약한 시간에는 벚꽃 명소를 찾아 구글맵에 별표를 찍었다. 4월의 도쿄에선 하고 싶은 게 많았다. 벚꽃이 만발한 키치조지 이노카시라공원에서 오리배 타기. 나카메구로강변의 벚나무길 거닐기. 야나카공원묘지의 벚꽃 터널을 지나 고양이마을 산책하기. 실은 배경만 다를 뿐 목적은 하나였다.

출국을 앞두고 일본 기상청과 여행카페 게시판을 수시로 들락였다. 경량패딩을 챙기는 게 좋을지, 명소별 개화 상황

은 어딘지 현지 체류 중인 카페 회원의 후기를 읽으며 단단
히 대비에 나섰다. 트위터와 인스타그램에서 도쿄에 거주
중인 한인 교민을 찾아 팔로우한 건 이미 진작의 일. 극성수
기답게 숙소며 항공권이며 모든 비용마다 프리미엄이 붙은
터였다. 비즈니스호텔 더블룸에 맞먹는 금액으로 18인실
캡슐 침대를 예약한 사실을 떠올릴 때마다 머릿속에 '기필
코' 세 글자가 떠나질 않았다.

　그런데 그 무렵 벚꽃이 평년보다 보름 일찍 폈다는 소식
이 전해졌다. 엎친 데 덮쳐 강풍까지 불어닥쳤다고 한다. 일
본에서 발표한 개화 시기를 참고해 일정을 짠 꿍꿍이가 우
스워지고 말았다. 심란한 마음을 애써 수습하며 SNS 피드
를 새로고침했다. 시시때때 바뀌는 궂은 날씨 와중에 별다
른 기대 없이 도쿄를 방문한 이들은 깜짝 선물을 받은 듯 보
였다. 연분홍 꽃잎이 휘날리는 나카메구로강변의 밤하늘이
피드에 등장할 때마다 나도 모르게 아이고, 소리가 터졌다.
체념과 무력감이 뒤섞인 탄식이었다. 사실 벚꽃이 유난히
일찍 피고, 도쿄에 비바람이 분 건 누구의 악의도 아니었다.
그저 그런 타이밍이었을 뿐이다. 하지만 알면서도 밀려드

는 서운함은 대체 어쩌면 좋을까. 나는 엑셀 파일을 열어 벚
꽃 명소를 중심으로 짠 일정을 수정했다. 여행을 무를 배짱
은 없었다. 취소 수수료라니 치사한 사람들.

　봄 몸살을 앓은 도쿄는 쾌청했다. 떨어진 꽃잎마저 살뜰
히 씻겨 내려간 나카메구로강변의 텅 빈 길을 걷고, 한산한
야나카공원묘지를 지나 고양이마을을 산책했다. 그 나름의
즐거움이 있었지만 '만약'을 떠올릴 때면 표정에 미세한 주
름이 졌다.

　이튿날 아침, 18인실 캡슐 침대에 누운 채 베개맡의 스
마트폰을 확인했다. 밤새 누군가 남긴 혼잣말을 들여다보
며 하루를 시작하는 습관은 이제 중독이라 부를 만한 수준
이다. 나는 옆으로 가로 누워 엄지손가락을 까닥였다. 출근
길 아이스아메리카노, 방독면을 쓴 미세먼지 수치, 아침 수
영, 랜선 고양이의 귀여운 몸짓. 그리고 눈에 띈 벚꽃. 어제
와 별반 다르지 않은 이웃들의 소식 사이에서 신주쿠공원
의 벚꽃이 보였다. 일반 벚꽃보다 한 템포 느긋한 겹벚꽃이
었다.

허리를 깊숙이 숙인 벗나무 그늘에선 피크닉이 한창이었다. 이따금 바람이 불 때면 도란도란한 어깨 위로 꽃잎이 흩날렸다. 잘 구운 크루아상처럼 얇은 꽃잎으로 층층이 둘러싸인 꽃송이는 아기 주먹만큼 크고 야무졌다. 아쉬운 대로 도시락 대신 팥소가 든 모나카 아이스크림을 매점에서 사다가 너른 잔디밭에 앉았다. 한입마다 어제의 절망이 녹아내렸다. 이제야 제대로라는 충만함이 차오르는 듯했다. 정답을 찾았달까, 원하던 그림이 비로소 완성되었달까. 그리고 동시에 머쓱함이 밀려왔다. 제 순서를 기다리는 나무의 속도 모른 채 조바심 많은 나는 어찌나 발을 동동 굴렀던지.

실은 보름 전 제주에서도 시종일관 애가 닳았다.

벗꽃은 이르더라도 매화나 목련 정도는 볼 수 있을 것이라는, 제주행 비행기에 올라탈 때만 해도 그런 기대가 있었다. 하지만 현실은 바짓단에 흙탕물이 튀지 않도록 우산 안에서 슬금슬금 움직여야 했다. 하물며 어딜 가든 번번이 퇴짜였다. 졸린 얼굴로 나선 성산일출봉 앞바다는 수평선과 하늘의 경계가 흐릿했다. 일찌감치 실망한 사람들은 이미 자리를 뜬 지 오래. 일출을 감상한 뒤 가려 했던 근처 맛집은 무슨 영문인지 '임시 휴업' 쪽지만 덜렁 붙여둔 채 문이 잠겨 있었다. 그뿐인가. 휴애리자연공원 입구에는 폭우로 인해 매화 축제가 취소됐음을 알리는 현수막이 나풀거렸고, 숙소 인근 걸매생태공원의 매화나무 군락은 헛헛하다 못해 을씨년스러웠다.

비바람 직후의 스산한 아침, 위미리로 향하는 동안 나는 수다스러웠다. 비가 오더라도 서점과 베이글가게가 나란히 이웃한 동네라면 괜찮지 않을까. 비 오는 날의 책, 비 오는 날의 따뜻한 빵은 마음을 보다 아늑하게 덥혀줄 테니까. 실망하지 않기 위해 나는 이런저런 명분을 그러모았다. 때가 늦어 동백꽃으로 뒤덮인 위미리를 볼 수 없을 것이라 짐작했기 때문이다.

마을 초입부터 눈에 띈 동백나무는 예상보다 훨씬 키가 컸다. 거리의 플라타너스처럼 곧고 반듯한 기둥에 짙은 초록 잎이 무성했다. 나무를 올려다보는 사이에도 얼마 남지 않은 동백꽃이 수시로 떨어졌다. 툭 투두둑. 땅에 수북이 쌓인 꽃송이는 마치 처음부터 거기서 자란 듯 자연스러워 보

였다. 물기가 스며 선명해진 풍경이 꼭 빠알간 꽃밭 같았다. 화창한 날씨였다면 도리어 만나지 못했을 빛깔. 문득 나는 조금의 기대도 없이 행복해졌다.

위미리에서 제주공항으로 돌아가기 전까지 나와 친구는 퍽 방황했다. 세찬 강풍 탓에 새별오름의 입구에서 돌아서야 했고, 중산간의 짙은 안개를 피하는 길에 들른 월령리 선인장군락지는 실로 대단했지만 피로가 감흥을 제압했다. 변덕스러운 날씨에 우리는 지쳐 있었다. 예민했고 애매하게 남은 시간 동안 무얼 하면 좋을지 누구도 섣불리 의견을 내지 못했다. 바다가 보이는 전망 좋은 카페라도 갈까. 넌지시 던진 친구의 제안이 썩 내키지 않았다. 그럴 바엔 아무 해변으로 가서 차 안에 있는 편이 낫겠다고, 신경질적인 투로 던진 말이 의외로 괜찮은 생각인 것 같아 결국 우리는 협재해변으로 향했다.

공용주차장에 차를 세운 뒤 근처 편의점에서 컵라면에 물을 받아 돌아왔다. 바닷바람은 차고 매서웠다. 열선을 켠 시트로 몸을 얼른 가져다 대니 곤두섰던 마음이 이내 너그러워졌다. 사선으로 흩날리며 툭 투두둑 하고 떨어지는 빗방울 소리가 잘 선곡한 배경음악처럼 편안했다.

돌이켜보면 나는 청승맞은 초등학생이었다. 소나기가 내리면 식탁 의자를 베란다에 끌고 나와 인적 드문 아파트단지를 구경하는 게 취미였다. 쏟아지는 빗소리, 피부에 닿는 시원한 촉감이 마냥 좋았던 걸까. 홀딱 젖지 않으면서 동시에 온몸으로 비를 맞는 듯한 착각을 즐겼던 것도 같다. 소심한 어린이의 비밀스러운 일탈. 그 아이가 자라서 이제는 차 안에서 컵라면을 먹으며 비를 감상하는 어른이 됐다.

면이 익으면서 히터 바람을 타고 익숙하고도 안락한 냄새가 차 안을 채웠다. 맵고 뜨겁고 뒤끝은 텁텁한 국물이 집에서 먹던 맛과 크게 다르지 않았다. 하지만 한동안은, 적어도 몇 년쯤은 제주를 생각할 때마다 비 오는 날의 컵라면을 연관검색어처럼 떠올리게 되리란 걸 나는 예감할 수 있었다. 야식으로 먹을 컵라면을 고르다가도 불현듯 제주를 그리워할 테다. 어느 타이밍이든 그리운 대상이 있다는 건 따뜻한 일. 어쩌면 사는 데 아무런 도움이 되지 않는, 청승 유전자의 쓸모는 이런 데 있는 것일지도 모르겠다.

오늘 하루치의
볕과 바다와 긍정

지난 봄 사이판행 특가 항공권을 덜컥 구입했다. 평소 사이판에 관심이 있던 것도 아니면서 터무니없이 싸다는 이유로 결제부터 한 것이다. 그러고는 한동안 까맣게 잊고 지냈다. 메일함에 사이판행 이티켓이 보관되어 있음을 뒤늦게 떠올렸을 땐 당연히 갈 수 없다고 생각했다. 책상 위에는 A4용지 80여 장의 미완성 원고와 그보다 더 두툼한 뭉치의 교정지가 나란히 놓여 있고, 웨딩드레스는 아직 고르지도 못한 처지였다. 결혼식을 겨우 두 달 앞둔 시점에서 확정된 사항이라곤 예식장의 홀뿐. 신혼여행의 빈자리를 메우기 위해 결혼식 전날까지 야근을 한 친구의 메마른 목소리가 스치듯 떠올랐다.

올해 새해 다짐은 이러했다. 자신을 돌보는 데 소홀하지 말자. 이를테면 군것질은 줄이고 과일과 채소를 푸짐하게 먹을 것. 하루 15분씩 스트레칭할 것. 자유형을 배울 것. 불편한 관계에 마음 쓰지 않을 것. 거절할 일이 있다면 정중히 그리고 확실히 선을 그을 것. 새벽까지 깨어 있지 않을 것. 책상 앞에는 하루 여섯 시간만 앉아 있을 것.

어떤 다짐은 1년 동안 성실히 이행했다. 그리고 어떤 다짐은 방치하다시피 잊고 살았다. 특히 시간 관리 면에선 완전히 실패였다. 연초 무턱대고 벌여놓은 일들. 출간을 약속한 세 건의 계약서가 발단이었다. 그맘때 나는 운영하던 여행책방을 접고 프리랜서의 상태에 들어선 직후라 여러모로 조급했다. 출판사와 잡지사에서 근무한 경험은 있지만 책한 권 내본 적 없는 무명인데다 세상엔 필력 좋은 작가들이 차고 넘쳤으니까. 기획서를 작성해 메일을 보내고, 기다림 끝에 몇몇 출판사에서 출간 제안이 들어왔다. 나의 쓸모를 발견 당한 기쁨에 감지덕지하며 수락하다 보니 결국 1년 동안 '쓰리잡'을 뛰게 되고 말았다. 무리인 줄 알면서도 계약서에 사인을 한 건 내게 다음이란 "언제 한번 밥이나 먹자"

는 전 직장 동료의 마지막 안부 인사 같은 것이기 때문이었다. 그리고 무엇보다 생활비가 절실했다.

하루, 한 달, 한 계절 내내 원고를 썼다. 그러는 사이 일상은 서서히 허물어져 갔다. 편도선염과 인후두염이 겨우내 교대로 오가며 몸이 망가졌고, 언제부터인가 피곤하다는 말을 습관처럼 뱉었다. 파도의 습격을 받은 모래성처럼 한 번 무너진 체력은 쉽사리 회복되지 않았다. 목덜미의 뻐근한 통증은 허리로, 무릎으로, 발바닥으로 자리를 옮기며 몸을 괴롭히더니 기어코 마음의 영역까지 침범했다. 나는 꿈에서 일하고 꿈에서 꾸중을 들었다. 잘 알지도 못하는 어느 출판사 대표와 평소 흠모해온 유명 작가가 쏟아내는 비난을 꼼짝없이 당하고만 있었다. 사실 가장 끔찍한 것은 무엇을 쓰고 싶은지조차 알 수 없어서 깜빡이는 커서를 종일 바라보는 때였다. 백지의 압박에 못 이겨 스스로도 수긍할 수 없는 이야기를 늘어놓은 날에는 동이 틀 때까지 잠이 오지 않았다. 그래도 썼다. 쓰지 않으면 끝도 없을 테니까. 나는 그것을 최선과 노력이라 둘러댔다.

반려식물을 처음 키우는 초보 가드너의 흔한 실수가 있

다. 이들은 식물이 목마르지 않도록 수시로 물을 주고 혹여 부족한 건 아닐까 염려되어 다시 또 물을 준다. 하지만 무슨 영문인지 시간이 지날수록 풋풋했던 잎사귀는 혈색이 노래지고 흙에서는 습한 곰팡이 냄새가 난다. 진단명은 과잉보호. 식물이 영양분을 흡수하도록 충분히 기다리지 않은 탓이다. 아울러 수분 공급만큼 중요한 건 햇살이다. 뿌리는 볕이 내리 쬐는 동안에만 물을 흠뻑 빨아들이는 습성이 있기 때문이다. 스스로 회복할 수 있는 여분의 시간을 확보했을 때 식물은 비로소 성장한다.

그림책 《이게 정말 나일까?》에서 할머니는 아이에게 나무에 관한 이야기를 들려준다. 사람은 저마다 다르게 생긴 나무와 같은데, 그 종류는 타고난 것이라 고를 수는 없지만 어떻게 키울 것인지는 스스로 결정할 수 있다고. 그리고 나무의 크기와 모양보다 자신이 그 나무를 마음에 들어 하는 것이 가장 중요하다고.

할머니, 그럼 저는 어쩌죠.

슬프게도 나는 내 나무가 전혀 마음에 들지 않았다. 생기라곤 없이 축 처진 잎사귀에선 불길한 기운마저 풍기는 듯했다. 어쩌면 지금 내게 절실한 건 생활비가 아니라 한 줌의 햇살이지 않을까. 나 자신을 돌볼 가만한 시간. 사이판의 연평균 기온은 27도라고 한다.

기내를 나서자 후덥지근한 새벽 공기가 피부에 찰싹 들러붙었다. 얼른 후리스부터 벗어 허리춤에 두르니 그제야 숨통이 트였다. 운이 나쁘면 입국심사만 두 시간 남짓 걸린다던데. 내 앞에 선, 패딩점퍼에 플리플랍 차림의 커플은 이미 지친 기색이다. 이제 막 도착한 관광객들의 덥고 벙찐 표정과 달리 입국심사장에선 묘한 활기가 느껴졌다. 리드미컬하게 껌을 씹으며 스몰토크를 나누는 공항검색대 직원들, 그들의 탱글탱글한 곱슬머리, 지나가는 친구를 불러세우듯 한 손을 높이 흔들며 다음 차례를 외치는 경쾌한 목소리까지. 적도의 섬 사람들은 새벽 4시에도 흥이 넘치는 것일까.

나흘 중 사이판에 머무는 시간은 48시간도 채 되지 않았다. 차라리 잘된 일일지도 모른다. 몸은 고단하지만 밀린 업무와 마음의 짐을 감당하기엔 이틀 내외의 공백이 적당하다는 생각이 들었다. 주말에서 일상으로 복귀하는 리듬으로. 물론 사람마다 그 여파는 다르겠지만. 다행히 사이판은 2박 4일 초단기 관광객에게 딱 알맞은 규모였다. 남북으로 뻗은 섬의 길이가 약 22킬로미터에 불과하고, 중심가인 가라판에 엇비슷한 수준의 숙소와 식당이 몰려 있어 고민의 여지가 적다. 급히 완독한 가이드북에서 나는 기억하면 좋을 몇 가지 정보를 얻었다. 일본식 도시락을 판매하는 슈퍼마켓 '히마와리'의 영업시간, 마나가하섬을 오가는 배편, 아이스박스와 얼음을 구할 수 있는 상점. 그저 잘 먹고, 잘 뒹구는 것이 내게 필요한 전부였다.

　호텔 체크인을 마친 뒤 곧장 마나가하섬으로 향하는 스피드보트에 올라탔다. 10분 남짓 파도를 넘었을까. 해안에 가까워질수록 푸른색 그라데이션이 점점 옅어지면서 보트는 바다의 경계선을 가로질렀다. 섬의 모래사장에는 크리스마스트리가 세워져 있었다. 화사한 비치웨어 차림의 섬 관리인들은 3단 사다리에 올라서서 건물 벽면을 오너먼트로 장식 중이었다. 핫초코가 아닌 차가운 망고주스를 마시고, 작열하는 태양이 난롯불의 온기를 대신하는 적도의 크

리스마스. 루돌프가 그려진 빨간색 양모 스웨터는 어디에
도 보이지 않았다. 겨울에서 여름으로 일상이 옮겨지는 동
안 내 마음속 응달도 저만큼 물러난 듯한 기분이 들었다. 움
츠려 있던 감각들도 볕을 쬐기 위해 허리를 폈다. 고작 9만
원으로 계절과 계절 사이를 오갈 수 있다니. 웬 횡재인가 싶
다가도 어쩐지 허무해졌다.

마나가하섬에는 리조트나 그 흔한 쇼핑거리조차 보이지
않았다. 카페테리아와 기념품숍, 탈의실 정도가 편의시설의
전부다. 개폐장 시간이 정해져 있어 때가 되면 섬을 나와야
하기 때문이다. 스스로 노는 법을 터득하지 않는 이상 무료
함에 몸부림치기 딱 좋은 조건이다.

해변을 어슬렁거린 끝에 적당한 그늘을 거느린 야자수를
발견했다. 그 아래 스피드보트 업체에서 대여한 은박돗자
리를 깔고 바람에 날리지 않도록 아이스박스를 얹었다. 비
치타월과 패브릭 소재의 매트를 준비해 왔다면 보다 산뜻
한 기분이었으려나. 아쉬운대로 얇은 니트 가디건을 돌돌
말아 쿠션처럼 베고 누웠다. 그늘진 자리로 마른 바람이 솔
솔 불어왔다. 나무 한 그루를 소유한 듯한 호사스러움은 뜻

밖의 덤.

잠깐 쉰다는 게 그만 깜빡 잠이 든 모양이다. 이후로도 깨다 잠들길 몇 번쯤 반복하다 허기를 참지 못해 결국 몸을 일으켜 세웠다. 히마와리에서 사온 연어 포키를 먹으며 나는 주위를 둘러보았다. 간신히 짬을 내어 왔으니 지금쯤 해수욕이라도 즐기고 있어야 하는 게 아닌가. 사람들의 도톰한 종아리와 파닥이는 발바닥 사이를 헤엄치며 바닷속 무엇이든 구경해야 될 게 아닌가, 하고 눈치를 살폈다. 어디선가 읽은 적 있는, '지금 이럴 때가 아닌데' 병에 걸린 현대인답게 상황 파악에 나선 것이다. 그때 몇 발짝 떨어진 1인용 야자수 아래에서 독서 중인 남자가 눈에 밟혔다. 느긋한 공기가 유독 그의 주변에 머물러 있는 듯 느껴진 건 그저 착각이었을까.

늘 궁금했다. 여유는 타고난 성격인 것일까. 노력한다면 누구나 여유로운 사람이 될 수 있는 것일까. 여행책방을 오픈할 때 이름을 '일단멈춤'으로 지은 건 일종의 다짐이었다. 가수 인생은 노래 제목을 따라 간다는 속설처럼 나는 책방의 이름대로 살고 싶었다. 인생을 오선지에 옮겨 그렸을 때

구간마다 틈틈이 쉼표가 놓여 있길 바랐다. 하지만 걱정을 걱정하고, 앞당겨서 불안해하는 데 일가견이 있는 나로서는 그것마저 쉽지 않았다. 그리고 동시에 깨달았다. 속도를 내기 위해 근력을 키우듯 속도를 늦추는 데도 연습이 필요하다는 사실을.

여유는 시간의 잉여분이 아니라 의식적으로 만들어야 하는 것이었다. 다만 인생을 통째로 뒤엎을 필요는 없었다. 작은 습관의 변화만으로도 충분했다. 가령 버스나 지하철은 한 정거장 일찍 하차해 걸어 다니고, 부족한 솜씨나마 천천히 핸드드립 커피를 내려 마셨다. 횡단보도의 점멸 신호가 깜빡일 때 무리해서 건너지 않는 것, 최단거리 대신 골목으로 에둘러 가는 것, 주말에는 업무 이메일을 가급적 확인하지도 보내지도 않는 것, 식빵을 토스터 대신 석쇠에 서서히 굽는 것 또한 노력의 연장선상이었다. 인생엔 연습이 없다지만 단단한 생활에는 훈련이 필요했다.

미처 챙겨오지 못한 책의 아쉬움도 잠시. 이내 책 같은 건 읽지 않아도 좋다는 안도가 실바람처럼 마음을 스쳤다. 나는 사색을 연습해보기로 했다.

그날 밤 몸에서 이상한 흔적을 발견했다. 원피스 위로 드러난 허벅지에 실타래 같은 무늬가 울긋불긋 새겨져 있는게 아닌가. 한참을 들여다보고 유추한 결과, 경미한 화상 자국이었다. 선크림을 설렁설렁 성의 없이 바른 대가였다. 엉킨 듯한 곡선은 야자수 이파리가 겹치면서 생긴 그림자인 듯했다. 전신거울 앞에 선 나는 햇살이 만들어낸 우연한 무늬를 지그시 바라보았다. 누구도 부러워할 리 없는 이상야릇한 흔적이 마음에 들었다. 언젠가 외할머니가 내 지갑 속에 넣어준 부적 같아서. 공부 잘하고 건강하라던 신신당부의 목소리가 생생하게 떠올랐다.

누가 알까. 오늘 하루치 볕과 바다와 긍정이 담긴 이 부적이 내게 좋은 기운을 가져다줄는지.

엄마와 먹은
첫 당고

외할머니의 장례를 치른 지 석 달쯤 지났을 무렵이다. 짬짬이 외주편집자로 일한 단행본 작업이 마무리되어 간만에 뭉칫돈이 들어왔다. 그래봐야 200만 원 남짓의 액수지만 책방을 시작한 이래 전 직장의 한 달 치 월급에 준하는 돈을 번 건 이번이 처음이었다. 책을 팔고 청탁 원고를 써서 벌어들인 수입의 대부분은 고스란히 책방 유지비용에 쓰였기 때문이다. 나의 인건비는 임대료와 세금, 강사료, 도서 구입비 등 지출항목 맨 끝자리에 언제나 위치했다.

오랜만의 현금으로 무얼 하면 좋을까. 가장 먼저 원목 책장이 떠올랐다. 책방 초기 예산에 맞춰 산 싸구려 책장이 늘 눈엣가시였던 터라 이번이 적당한 기회였다. 하지만 그렇게 따지기 시작하면 바꿔야 할 가구와 비품이 한두 가지가 아니었다. 이제는 정식 유니폼처럼 되어 버린, 무릎께가 느슨한 청바지부터 교체가 시급했다.

문득 '이런 식으로 지출을 하다간 어영부영 돈을 쓰고 말겠구나' 싶었다. 이쪽저쪽에서 한 줌씩 모래를 걷어가자 이내 아슬아슬해진 정상의 깃발이 된 기분이었다. 통장에 찍힌 입금액을 멍하니 들여다보던 나는 느닷없이 붉은 단풍을 떠올렸다. 이맘때였을 것이다. 첫 직장을 관두고 떠난 퇴사 기념 여행. 12월 초였음에도 교토 청수사의 단풍은 기세등등 절정에 달해 있었다. 낮에 본 풍경도 근사했지만 야간 개장에서 만난 단풍은 또 색달랐다. 검붉은 잎들이 어둠 속에서 활활 타올랐다. 홀가분함보단 미래에 대한 막막함, 냉소가 앞섰던 그때 짙고 강렬한 빨강은 헛헛한 마음에 위로가 됐다. 모닥불을 쬐듯 나는 꽤 오래 단풍 앞에 서 있었던 것 같다.

며칠 뒤 엄마에게 전화를 걸었다. 좀처럼 먼저 연락하는 법이 없는 무뚝뚝한 딸은 대뜸 일본에 가자고, 교토의 단풍을 보러 가자며 멋대로 통보했다.

　외할머니의 장례식장에서 나는 여느 손주처럼 친척 어른
들을 도와 육개장을 나르고, 먹다 남은 술병과 캔을 분리수
거하고, 망연자실한 엄마 곁에 말없이 앉아 있었다. 그리고
이따금씩 눈가를 훔쳤다. 괘씸하게도 나는 외할머니의 죽
음보다 엄마의 엄마가 사라졌다는 사실이 더욱 슬펐다. 언
젠가 나 역시 저 자리에 앉아 엄마의 부재를 견뎌내야 할 것
이다. 자기연민에 빠진 나는 엄마를 잃은 내가 벌써부터 안
쓰러워 눈물을 흘렸다.

　물론 정신을 차리고 다시 일상의 자리로 돌아왔을 땐 이
미 그런 감각은 모두 사라진 뒤였다. 엄마는 여전히 이곳에
존재하고, 나 역시 나대로 잘 살아가고 있다. 별다른 사건사
고가 없는 한 여전한 것은 당분간 여전할 것이다. 그런 믿음
은 나를 안도하게 만들면서도 동시에 죄책감을 안겼다. 여
전한 세계에도 시간은 흐르고 있다는 것. 엄마와 단둘이 여
행을 가본 적 없다는 사실이 그제야 번뜩 가슴을 내리쳤다.

　평일 근무하는 엄마는 금요일 밤부터 주말 사이에만 간
신히 시간을 낼 수 있었다. 자영업자인 나는 엄마의 스케줄

에 맞춰 책방을 쉬었다. 짧은 여행임에도 이것저것 신경 써야 할 게 많았다. 서로 사는 곳이 다르니 엄마는 울산에서, 나는 서울에서 각자 짐을 꾸려 오사카국제공항으로 향하는 것부터 걱정이었다. 패키지 투어만 다닌지라 난생 처음 혼자서 국제선 비행기를 타게 된 엄마를 위해(실은 그런 엄마가 걱정스러운 나를 위해) 몇 가지 자잘한 준비를 했다. 우선 이메일로 받은 이티켓을 프린트하고 입국신고서 공란에 기입해야 할 내용을 큰 글씨로 써서 정리한 다음, 우편으로 보냈다. 그리고 이틀 먼저 오사카에 도착한 내가 공항으로 엄마를 마중 나가기로 했다.

어찌어찌 무사히 입국 심사를 마친 엄마와 타국에서 재회하는 기분이란 참으로 뭉클한 것이었다. 설날과 추석 명절에만 반짝 만나는 사이라 더욱 반가웠을지도 모른다. 그런데 막상 들어보니 엄마가 어찌어찌 통과한 입국 심사는 마냥 어찌어찌하지만은 않았던 듯했다. 미리 우편으로 보낸 자료가 무색하게도 입국신고서를 제대로 작성하지 못해 직원에게 발목이 잡힌 것이다. 그 곤란한 상황을 대체 어떻게 빠져나왔냐 물으니 엄마는 손가락으로 출구를 가리키며

"딸! 딸!!"을 외쳤다고 한다.

첫날은 오사카 시내에서 저녁을 먹고 숙소로 돌아가 쉬었다. 이튿날 아침 일찍 하루카 특급열차를 타고 교토로 이동할 계획이라 마음이 조급했다. 나는 무리인 줄 알면서도 무리에 가까운 일정을 짰다. 토요일에는 교토 시내에서 한 시간쯤 떨어진 시골 마을 오하라에 다녀오고, 일요일에는 청수사 근처에서 반나절을 보낸 뒤 공항으로 돌아갈 계획이었다. 얼핏 심플한 동선 같지만 실은 오사카와 교토를 오가는 이동 시간만 따져도 길 위에서 서너 시간을 흘려버리는 비효율적인 루트였다. 평소의 나라면 결코 선호하지 않을 빡빡한 스케줄을 고집한 건 분명 욕심이었다. 그럼에도 내가 알고 있는 교토의 가장 좋은 풍경을 엄마와 나누고 싶었다. 이 여행이 끝나면 엄마와 나는 명절마다 그날의 아름다움에 대해 이야기할 것이고, 우리에게 그런 추억이 남아있음에 뿌듯해할 터였다.

첫 코스인 오하라는 엄마의 마음에도 쏙 든 듯했다. 다행이었다. 교토역에 도착하자마자 코인로커에 짐을 맡긴 뒤 곧장 시외버스를 타고 달려온 곳이라, 가는 내내 차창에 이마를 콩콩 박으며 졸던 나조차 '이렇게까지 무리할 일인가' 싶었기 때문이다.

날씨는 화창했고 거리를 적당히 메운 관광객들이 시골 마을에 활기를 불어 넣었다. 나는 관광지 특유의 달뜬 흥분을 좋아한다. 평소보다 근사하게 옷을 차려 입고, 오롯이 즐거움만 좇는 사람들이 한데 섞여 만들어내는 밝은 에너지가 여기에 있다. 이런 무드가 가장 극대화되는 장소는 아마도 무더운 해변가일 것이다. 숯불에 직화한 꼬치구이와 차가운 망고주스는 없지만 그 대신 오하라 시골길에선 불에 구운 달콤한 당고 냄새가 사람들을 유혹했다. 쫀득한 경단에 간장소스를 얹은 그 음식을 나는 그다지 좋아하지 않는다. 하지만 오늘은 엄마와 함께이니까.

"한번 먹어볼까?"

넌지시 물었더니 그러자는 대답이 돌아왔다. 간식거리를 그리 즐기지 않는 엄마도 나와 비슷한 마음이었을 것이다. 그리고 보면 첫 여행의 매 순간에는 '첫'이라는 관형사가 늘 따라 붙었다. 그러니까 이것은 우리가 함께 먹은 첫 당고. 나는 필름카메라로 당고 접시를 찍었다.

호센인의 액자정원에 들어설 때는 조금 긴장이 됐다. 액자정원은 전체 일정 가운데 하이라이트에 해당하는 장소였고, 나는 마치 VIP 고객을 위한 프레젠테이션을 앞둔 신입사원이라도 된 기분이었다. 신발을 벗고 절 안으로 들어서자 4미터 폭의 '액자' 창문 사이로 700년 수령의 소나무가 서서히 모습을 드러냈다. 땅에 굳게 뿌리 내린 기둥을 따라 굵은 나뭇가지가 만세하듯 사방으로 뻗어 있다. 이미 보았던 풍경임에도 내가 다시 한번 그 아우라에 감탄하는 사이, 엄마는 조용히 나무 가까이 다가가 자리에 앉았다.

마침 사람들이 빠져나간 직후라 정원은 아주 잠시나마 우리 둘만의 것이 됐다. 오래된 사찰도, 늙은 소나무도 여전히 그 자리에 있어 다행이었다. 잠시 기다리니 젊은 여성분이 말차와 화과자를 내어주었다. 입장권에 포함된 서비스인 말차는 너무 쓰고 화과자는 지나치게 달았다. 자연스럽게 사색을 즐기는 분위기 속에서 우리는 별 대화 없이 각자의 순간을 보냈다. 나는 그 공백이 조금은 어색해서 입에 쓴 말차를 연거푸 마셨다. 호센인을 나서는 길, 엄마는 말차가 담겨 있던 다완 두 개를 샀다.

각오한 일이었지만 엄마와의 첫 여행은 쉽지 않았다. 계획대로 차질 없이 움직여야 한다는 압박감, 식사 메뉴부터 잠자리까지 엄마를 만족시켜야 한다는 부담감이 내내 계속됐다. 슬프게도 상황은 내 편이 아니었다. 편하게 모시려고 예약한 에어비앤비 숙소는 난방이 되지 않아 밤새 벌벌 떨어야 했다. 사실 그 숙소는 체크인부터 쉽지 않았다. 에어비앤비 호스트가 우편함에 숨겨뒀다는 집 열쇠를 찾느라 난리, 건물 출입구로 들어가는 법을 몰라 또 난리. 상황을 해결하느라 한밤중 대로변에서 30여 분을 허비한 것이다. 그뿐일까. 예상대로 길도 자주 잃었다. 가와라마치 대로의 거대한 사거리에선 같은 횡단보도를 두세 번쯤 왕복했을 것이다. 열댓 개쯤 되는 버스정류장을 헤매며 방향감각을 완전히 상실한 나는 거의 울고 싶은 지경이 되고 말았다. 어째서 잘해보려는 마음은 늘 상황을 그르치는 것일까.

공항으로 떠나기 전 찾은 청수사의 단풍은 생각만큼 아름답지 않았다. 우리가 너무 늦게 온 탓인지 올해는 겨울이 유독 일찍 찾아온 것인지. 엄마는 "아휴, 단풍이 다 졌나 보네" 하고 한마디 거들 뿐 달리 아쉬운 기색을 보이지 않았지만, 정작 내 마음은 또 그렇지가 않아서 속상하고 분통이 났다. 기대에 미치지 못한 단풍만큼이나 기대에 부응하지 못한 스스로가 원망스러워서. 안락한 숙소를 구하지 못하고, 길을 헤매고, 형편없는 식사를 대접한 어제 오늘이 마치 무엇 하나 제대로 굴러가지 않는 요즘의 나인 것만 같아서. 나는 엄마 앞에서 제대로 해내 보이고 싶었다. 그게 무엇이든지.

돌이켜보면 엄마가 책방을 처음 찾아온 날도 그랬다. 어찌나 긴장됐는지 전날 밤 나는 좀처럼 잠을 이루지 못했다. 퇴근 직전까지 책방을 쓸고 닦고, 새 화분과 책도 더 들여놓았다. 누가 봐도 번듯한 공간은 아니지만 적어도 '엄마 눈에 어설퍼 보이지 않았으면' 싶었다.

다음날, 다행히 날씨가 맑았다. 햇살이 깊숙이 스밀 때면 책방의 허술한 면면이 그나마 감춰졌다. 그날 엄마의 첫마디는 "이게 책방이야?"였다. 비아냥이나 조롱이 아닌 그야말로 순수한 의문형의 질문. 이런 작고 투박한 공간을 책방이라 부를 수 있다는 사실에 엄마는 퍽 놀란 듯했다. 흔히 떠올리는 중대형 서점에 비하면 차라리 서재에 가까운 이

장소에 대해 나는 시시콜콜 말을 늘어놓았다. 엄마는 설명인지 변명인지 모를 소리를 한참 듣더니 '참 나' 하는 표정으로 웃고 말았다.

"그래, 돈 많이 벌어라."

나는 그 말이 힘이 되면서 어쩐지 슬프기도 했다.

청수사의 시들시들한 풍경에 멋쩍어진 나는 괜히 셀카봉을 들이밀며 어서 사진을 찍자고 유난을 떨었다. 단풍은 저물었지만 이것이 엄마와 내가 평생토록 기억할 첫 여행이었다. 사진 속 우리는 웃고 있다.

가이드의 뒤만 쫓아다니다 너와 함께 걸을 수 있어 좋았다고, 공항으로 향하는 열차 안에서 엄마는 말했다. 길을 헤매서 오히려 즐거웠다는 소감도 덧붙였다. 일본 사람들은 이렇게 사는구나, 알 수 있어 신기했단다. 1년만 더 일을 한 뒤 엄마는 조금 더 먼 곳으로 긴 여행을 가고 싶다고도 했다. 이왕이면 유럽으로.

"너는 어디가 제일 좋았니? 여행 많이 다녔잖아."

프랑스도 좋고 이탈리아도 관광하기엔 괜찮지.

"엄마 친구는 얼마 전에 아들이랑 배낭여행 갔다 왔다고
하더라. 그렇게 가면 패키지보다 훨 저렴하지?"

아무래도 그렇지. 내가 알아볼게. 나 그런 거 잘해.

"저축도 좀 하고."

응, 그래야지.

* 교토에 다녀온 이후 엄마는 명절마다 내 밥을 다완에 내어준다.
가끔은 소고기미역국, 닭죽이 담겨 있기도 하다. 다른 식구들은 평
범한 그릇인데 꼭 내 것만 그렇다. 덕분에 한 숟갈씩 꼭 음식을 남기
는 나의 못된 버릇도 다완 앞에서는 쏙 사라지고 만다. 엄마에게 추
억은 배부르고 따뜻한 무엇인 것일까. 밥알을 꼭꼭 씹으며 나는 가
능한 한 오래 그것을 음미한다.

아이슬란드
미식 일지

9월 21일

케플라비크공항에 착륙하자마자 면세구역에서 맥주와
와인을 샀다. 특이하게도 공항 규모가 작아서인지 수화물
을 찾는 컨베이어벨트 바로 옆에 편의점과 면세점이 있다.
알아본 바로 아이슬란드 시내의 슈퍼마켓에선 알코올 도수
2.2퍼센트 이하의 맥주만 판다고 한다. 그나마도 주류 전문
점인 '빈부딘'은 저녁 6시면 문을 닫기 때문에 차라리 공항
에서 댓 짝으로 사가는 편이 낫다는 결론. 술에 취미가 없는
나로서는 알코올 도수 2.2퍼센트 역시 엄연히 술이 아닌가
싶지만, 1일 1맥주를 실천하는 애인은 "그건 음료수야" 하
고 딱 잘라 일축했다. 쇼핑카트에 여섯 개들이 캔맥주와 화

이트 와인, 미니어처 보드카를 담고 매장을 유유히 빠져나
가는 모습이 꼭 며칠 전 다녀온 합정동 홈플러스와 다르지
않아서, 나는 아직 이곳이 아이슬란드인지 서울 마포구인
지 실감이 나지 않았다.

　우리는 10일간의 링로드 트립(해안선을 따라 섬을 한 바퀴
일주하는 여정) 동안 매 끼니를 직접 요리할 계획이었다. 두
사람 기준 한끼 외식비가 7~8만 원을 웃돌기 때문이다. 다
만 첫날 점심식사만큼은 어쩔 수 없이 식당을 이용했다. 싱
벨리르국립공원 근처의 호숫가 레스토랑 '린딘'에서 먹은
흰살생선구이와 사슴고기버거의 값은 7,550크로나. 한화
로 약 7만 6,000원. 그것은 우리가 아이슬란드에서 먹은 최
초이자 최후의 외식으로 기록됐다.

　9월 22일

　아침에는 붉은 지붕의 교회가 있는 농터에서 셀프 웨딩
촬영을 했다. 결혼식 날짜가 정해져 있다거나 구체적인 계
획을 세운 것도 아니면서, 그 무렵 우리는 만약의 미래를 위
해 여행을 갈 때마다 웨딩사진 비슷한 무엇을 찍곤 했다.

(다행히 그로부터 2년 뒤 결혼을 했다!)

아이슬란드에서 렌터카는 든든한 교통수단이자 간이 탈의실, 때로는 전망 좋은 식당 칸으로 변신했다. 멋진 광경이 나오면 가까운 공터에 차를 세워 수건으로 창문을 가린 뒤, 인터넷 쇼핑몰에서 산 5만 원짜리 레이스 원피스로 옷을 갈아입는 식이다. 메이크업도 없이 등산화를 신은 채 우리는 종종 풍경 앞에 나란히 섰다. 어설픈 포즈에 부끄럼이 뻗쳤지만, 다행히 인적 드문 이 섬에선 언제나 우리 두 사람뿐이었다. 얼추 사진을 찍고 난 뒤에는 점심으로 컵라면을 먹었다. 이 순간을 위해 컵라면 여섯 개를 해체해 면과 스프, 용기를 따로 모아 지퍼백에 담고, 집에서 쓰는 나무젓가락과 보온병까지 챙겨 왔다. 배고픔에 허겁지겁 면발을 넘기느라 하얀 레이스 위에 라면 국물이 튀고 말았지만, 아무렴. 이 정도 각오도 없이 컵라면을 먹을 순 없지.

9월 23일

영화 〈인터스텔라〉의 촬영지인 스카프타펠국립공원에서 빙하 트레킹을 했다. 잠시 지구 밖을 떠났다가 무사 귀환한

뒤에 먹는 튀김우동의 기름진 맛이란!

회픈으로 향하는 길에는 대형마트인 '보너스'에 들러 장을 봤다. 저금통처럼 생긴 핑크 돼지 마스코트가 처음엔 의아했는데, 생필품을 저렴하게 구입할 수 있다는 의미에서 이보다 잘 어울리는 캐릭터가 없는 듯하다. 실제로도 마트 물가는 한국과 크게 다르지 않았다. 첫날 양송이버섯, 마늘, 샬롯 등의 야채와 스파게티면, 토마토소스, 소시지, 식빵, 치즈, 버터, 요거트, 생수를 샀더니 대략 4만 원쯤 나왔다. 이렇게 산 식재료는 2~3일 정도 너끈히 우려먹을 수 있다. 토마토소스에 야채와 소시지를 넣은 스파게티, 야채와 소시지를 넣고 토마토소스를 바른 샌드위치. 토마토소스에 야채와 소시지를 넣은 기타 등등…. 무엇이든 '때려 넣으면' 그럴싸한 한끼 식사가 완성됐다.

영덕에 대게가 있다면 회픈은 랍스터로 유명한 항구도시였다. 이곳엔 가이드북에 소개된 랍스터 맛집도 수두룩하다. 물론 우리는 어느 레스토랑도 가지 않았다. 대신 랍스터로 추정되는 냉동 갑각류를 사서 직접 요리해보기로 했다. 사이드메뉴는 '오가닉' 냉동 모짜렐라 앤드 페스토 피자. 버

터를 녹인 팬에 꽝꽝 언 랍스터를 공들여 굴려 조리한 애인
의 요리는 생각보다 맛이 꽤 그럴싸했다. 매번 (내가 싫어하
는) 수분부족형 짜파게티를 끓이던 그의 전적을 떠올리면
크나큰 발전이 아닐 수 없다.

9월 24일

아이슬란드에선 허기 대신 풍경이 반찬이다. 도로 곳곳
에는 전망대나 간이 주차시설이 설치되어 있는데, 그런 곳
에선 가급적 속도를 줄이거나 잠시 정차하는 것이 좋다. 엽
서에 등장할 법한 자연풍광이 아파트 주차장의 놀이터처럼
아무렇게나 펼쳐져 있기 때문이다. 만약 아직 점심식사를
하지 않았다면, 지금이 바로 타이밍이다.

우리의 공식 점심 메뉴는 핫도그였다. 핫도그는 조리과
정이 쉽고 단순하며 무엇보다 맛있다. 가스불을 쓸 필요 없
이 10분이면 핫도그 네 개가 뚝딱 완성된다. 질릴 걱정 또한
없다. 어느 날은 야채 듬뿍, 그 다음날은 마요네즈 듬뿍. 혹
은 세일 중인 새로운 소시지를 사거나 핫도그 번을 잡곡맛
으로 바꾸는 약간의 시도만으로 메뉴가 하나씩 추가된다.

그렇게 매일 아침 우리는 상상력을 발휘하며 자신만의 시그니처 핫도그 개발에 힘썼다.

9월 25일

링로드 트립의 다섯째 날. 이제 아이슬란드의 절반을 돌았다. 이날은 마땅히 들를 만한 관광 스팟이 없어 북부 내륙의 뮈바튼까지 종일 차를 몰았다. 화산활동이 활발한 지역이라 그런지 뮈바튼에 들어서자 차창 너머로 계란 썩은 냄새가 진동했다. 그 말인즉슨 이곳에 유황온천이 있다는 뜻. 얼리 체크인을 하자마자 〈무한도전〉을 시청하며 사리곰탕을 먹었다. 그리고 늘어지게 낮잠을 잤다. 여유 있는 일정이라 생각했건만 매일 변화무쌍한 날씨와 싸우며 네다섯 시간씩 이동하느라 피로가 쌓인 모양이다. 저녁 느지막이 일어나 다녀온 어둠 속 야외온천탕은 서로를 꼭 껴안은 세계 각국 커플들로 열기가 뜨거웠다. 몸도 마음도 느슨하게 풀린 그날 밤, 무얼 먹었는지는 기억나지 않는다. 사진도 없고 일기도 쓰지 않았다.

9월 26일

섬의 남쪽에서 출발한 여정이 어느덧 북쪽 가까이에 이
르렀다. 산 표면이 울긋불긋 물들어 있는 걸 보니 이곳은 가
을인가 보다. 아이슬란드 제2의 도시라던 아큐레이리는 읍
이나 리에 가까운 작고 사랑스러운 마을이었다. 얼마나 사
랑스럽냐면 신호등의 정지신호마저 '하트' 모양이다. 여기
선 소리 높여 다투다가도 금세 화가 풀릴지도 모르겠다. 특
히 나처럼 감정 기복이 야단스러운 예민한 도시인이라면.
한국에도 하트 모양의 점멸신호 도입이 절실하다.

저녁 메뉴는 이견 없이 체력보충을 위한 닭볶음탕으로
결정됐다. 마트에서 감자와 고추, 생닭을 사다가 한국에서
가져온 튜브 고추장을 푼 뒤 바글바글 끓이고, 리소토용 쌀
로 냄비밥을 지었더니 식탁 위 구색이 꽤 그럴싸하다. 맵싸
한 냄새가 숙소 전체에 스밀 것 같아 충분히 졸이지 못한 게
아쉽지만, 이러나저러나 반갑기만 한 뜨거운 맛이다.

9월 27일

고래 투어를 위해 새벽 일찍 달비크로 향했다. 아침 대용

으로 스테인리스 머그컵에 '3분 미역국'을 후루룩 풀어 마
시니 기운이 났다. 따뜻한 국물의 힘은 참 대단하다. 국물
한입에 밤새 뭉친 근육이 풀리고, 다음 한입엔 에너지가 솟
는다. 따뜻한 국물을 노래에 비유하자면 아마도 응원가쯤
되지 않을까.

　배가 출항한 지 한 시간여 만에 혹등고래 무리를 만났다.
'오늘은 글렀구나' 싶어 체념한 채 다시 항구로 돌아가는
길. 어디선가 푸우후 물 뿜는 소리가 먼저 들리고, 뒤이어
닻처럼 생긴 고래의 매끈한 꼬리가 수면 밖으로 올라왔다.
그때마다 배에 올라탄 모두가 동시에 기쁨의 환호성을 질
렀다. 마치 아기가 첫 걸음마를 뗀 순간처럼. 고래가 지나는
자리엔 에메랄드빛 그림자가 드리운다는 사실을 나는 이날
처음 알았다.

　9월 28일

　최종 종착지인 레이캬비크에 도착하는 날이다. 이대로
링로드 트립을 끝내기가 아쉬워서 아무렇게나 방향을 틀어
차를 몰았다. 창문을 열자 비포장도로 위로 생긴 그림자가

우리와 함께 나란히, 신나게 달리고 있다. 이름 모를 새파란 호수에서 우리는 마지막 남은 '짜장 범벅'을 정답게 나눠 먹었다. 지난 8일 동안 서로의 유일한 말동무가 되어 붙어 다녔더니 콩 한 쪽도 기꺼이 양보하는 사이가 된 것일까.

9월 29일

링로드 트립을 시작한 지 9일 만에 첫 오로라를 보았다.

하늘에 드리운 오로라가 커튼처럼 휘날릴 때마다 은하수가, 별똥별이 얼굴 위로 우수수 떨어졌다. 감격에 젖은 이 순간 우리는 시규어 로스의 음악을 들으며 뜨거운 맥심 모카골드를 마셨다.

미치도록 행복하다.

9월 30일

아이슬란드에서의 마지막 날. 찰나의 실수 때문에 렌터카 수리비 2,980유로를 신용카드 일시불로 그었다. 절망도 잠시. 상황을 수습하기 위해 숙소로 돌아가 WWI 면책금 환급 서류를 작성한 뒤 보험 회사에 메일을 보냈다. 370만

원이라는 숫자 앞에서 우리는 적지 않게 당황했다. 한숨이 푹푹 나올 만큼 큰돈이었지만, 또 어찌 보면 '그깟' 하고 넘길 수도 있는 액수였다. 그러나 아직은 어느 쪽으로도 갈피를 잡지 못해 뒤숭숭한 마음만 앞섰다.

　이런 와중에도 허기는 눈치 없이 밀려왔다. '대충 빵으로 때울까' 싶었지만 막상 또 그러고 싶진 않았다. 나는 '대충 때우는' 마음을 경계하는 사람이다. 팬을 꺼내 버터를 충분히 녹인 다음 어제 먹고 남은 흰살생선을 굽기 시작하자 언제 그랬냐는 듯 금세 식욕이 차올랐다. 가니쉬로 곁들일 야채를 익히고 레몬도 미리 잘라두었다. 차가운 생선살이 버터의 고소한 향을 입고 어느덧 다시 태어났다. 그리고 우리 둘 역시 새 사람이 됐다.

　배가 두둑해지고 나니 이전에 없던 긍정이 생겨났다. 아직 여행은 보름이나 더 남았고, 카드값 370만 원은 다음 달에나 청구될 예정이다. 그러니까 미래의 일은 미래의 나를 믿고 맡기도록 하자. 이 여행이 끝난 뒤 우리는 어떤 방식으로든 조금은 더 나은 사람이 되어 있을 테니까.

　그날 밤 숙소의 현관 앞으로 오로라가 찾아왔다.

스노우
베케이션

내 글에는 유난히 바람, 구름, 초록, 햇살 같은 단어가 자주 등장한다. 물론 나는 자연 예찬주의자나 실천적인 환경 운동가도 아니거니와 1년에 겨우 한두 번, 그것도 반강제로 산을 오를 만큼 게으르다. 그나마 나긋한 평지는 괜찮아서 집 근처 공원이나 개천을 종종 걷고, 집안에 작은 화분 몇 개를 들여놓았다. 〈리틀 포레스트〉 같은 영화를 보며 자연의 질서에 의탁하는 삶, 스스로 먹을 것을 일구는 생활을 동경하지만 뙤약볕을 등에 업은 채 허리 무릎 펼 날 없는 일상은 버거운, 나는 딱 그만큼의 보통 사람이다. 하지만 그 모든 사실과 별개로 나는 바람과 구름과 초록, 햇살이 좋다.

하루는 온라인 신문 기사를 훑어보다 'Waldeinsamkeit'라는 독일어 단어를 알게 됐다. '숲속에 혼자 있을 때 느끼는 신비롭고 즐거운 고독'이라는 뜻이다. 조금 더 찾아보니 《마음도 번역이 되나요》라는 책에선 그 단어를 "숲속에 혼자 남겨진 기분. 편안한 고독감. 자연과 맞닿은 느낌"이라 설명하고 있다. 이 책의 번역가는 뮤지션 루시드폴. 나는 그가 부른 〈오, 사랑〉을 들은 이후로 사랑은 "저 멀리 봄이 사는 곳"이라 믿게 됐다. 또한 그의 아름다운 노랫말 덕분에 지금껏 가져본 적 없는 새로운 봄을 맞이할 수 있었다.

어떻게 읽어야 할지 좀처럼 입이 떨어지지 않는, 더블유로 시작되는 독일어 단어의 의미를 발견한 그날 나는 〈오, 사랑〉의 가사를 처음 들은 순간과 비슷한 기분에 빠졌다. 지금껏 자연 안에서 느낀 이루 설명하기 어려운 감응의 실체가 비로소 선명해지는 듯했다. 숲속을 거닐 때면 나는 두렵지만 안락했고, 경이로운 동시에 친밀함을 느꼈다. 그것은 잘 가꾼 식물원, 도시와 군중 속에서 느끼는 고독과는 분명 다른 종류의 것이었다.

시인 메리 올리버가 쓴 글에서 나는 보다 명쾌한 표현을 찾아냈다.

몇 해 전, 이른 아침에 산책을 마치고 숲에서 벗어나 환하게
쏟아지는 포근한 햇살 속으로 들어선 아주 평범한 순간, 나
는 돌연 발작적인 행복감에 사로잡혔다. 그건 행복의 바다에
익사하는 것이라기보단 그 위를 둥둥 떠다닌 것에 가까웠다.

《완벽한 날들》, 메리 올리버, 마음산책

이 문장은 해석을 필요로 하지 않는다. 누구나 한번쯤은
"포근한 햇살 속으로 들어선 아주 평범한 순간" 행복의 바
다 위를 둥둥 떠다니는 듯한 기분을 가져본 적 있지 않을까.
자연과 맞닿은 느낌이란 이런 것일 테다.

내가 읽은 온라인 신문 기사는 심리학을 가르치는 팀 로
마스 박사의 '긍정적인 사전학 프로젝트'에 관한 내용이었
다. 영어로는 표현할 수 없는 세계 각지의 아름다운 감정이
담긴 어휘를 수집, 기록하는 이 연구는 지금까지 61개 언어
권에서 수백 개의 단어를 모았다고 한다. 이 기사를 읽자마
자 처음 든 생각은 '세상에 이런 멋진 직업이 있다니'였다.
전 세계 곳곳에 흩어져 있는 특별한 단어를 찾아 나서는 일
이라면 얼마든 동참하고 싶었다.

기사에는 'Waldeinsamkeit' 외에도 몇 가지 단어가 언급되어 있었다. 가령, 세르비아어 단어 'Mepak'는 소소한 재미에서 파생되는 즐거움이라는 뜻으로 요즘 한국에서 유행어처럼 번진 '소확행(작지만 확실한 행복)'과 일맥상통하는 뉘앙스다. 터키어 단어 'Gumusservi'에는 물 위에 반짝이는 달빛, 아랍어 단어 'Samar'에는 저녁 무렵 함께 앉아 대화를 나눈다는 의미가 담겨 있다. 어쩜 하나 같이 소박하고 단정한 분위기를 풍긴다.

언어에는 그 세계를 살아가는 이들의 마음가짐, 태도가 알알이 녹아 있는 게 아닐까. 소개된 단어의 면면을 들여다보노라면 그 사실을 실감하게 된다. 짐작하건대 'Fjellvant'를 일상어로 쓰는 노르웨이 사람들은 '숲을 걷는 데 익숙한' 문화를 가졌을 것이며, 'Sobremesa'라는 단어를 가진 스페인 사람들은 '식사를 마친 뒤에도 계속 대화를 이어가는 상황'이 친숙할 것이다. 나는 아직 두 나라를 방문한 적 없지만 단어의 쓰임만으로 그곳의 일상 풍경이 눈에 선하다. 주말이면 가까운 숲으로 산책을 나서는 가족의 단란한 뒷모습, 늦은 밤 아직 자리를 뜨지 못한 채 한 시간 동안 작별 인

사를 나누는 사람들의 애틋한 포옹을 상상하기란 어렵지
않다.

그중에서도 나는 아이슬란드어 명사 'Solarfri'가 특별히
마음에 들었다. 문자 그대로 선 베케이션Sun Vacation. 날씨가
좋다는 이유만으로 예고 없이 주어진 휴일 혹은 오후의 여
가를 의미한다. 시시각각 돌변하는 아이슬란드의 변화무쌍
한 자연환경이 반영된 단어일 것이다. 나는 이 낱말에 묻어
있는 관대함, 아이 같은 천진난만함이 좋다. 더불어 이 보송
보송한 낱말 앞에선 내 삶에서 가장 중요한 우선순위가 무
엇인지 골똘히 생각하게 된다.

대학의 마지막 학기를 남겨두고 인사동에 있는 한 시민단
체에서 인턴으로 일한 적 있다. 마침 외삼촌 식구가 흑석동
에 살고 있어 급한 대로 그 집에서 한동안 신세를 졌다. 2박
3일 여행이 아닌 생활인으로서 서울에 거주하는 건 처음이
었다. 신이 난 나는 인사동 골목마다 있는 갤러리를 매일 하
나씩 둘러보겠다는 원대한 계획도 세웠다.

하루는 이른 아침부터 눈이 펑펑 쏟아졌다. 눈 내리는 서

울을 마주한 것 역시 그날이 처음이었다. 팀원들과 점심을 먹고 사무실로 돌아가는 길. 나는 내 옆에 선 사수 연구원에게 이런 이야기를 꺼냈다.

"서울은 눈이 정말 많이 오네요. 이런 날 궁에 가보는 게 늘 소원이었는데."

내가 자란 울산에선 눈이 귀했다. 어쩌다 가끔 싸락눈이 내리면 운동장은 강아지처럼 껑충껑충 뛰어다니는 아이들로 가득했고, 그보다 눈이 더 쌓이기라도 하면 교통이 마비됐다. 대학 시절을 보낸 대구 역시 크게 다르지 않아서 스무해 남짓 짧은 인생 동안 눈 내리는 장면을 본 횟수가 손에 꼽을 정도였다. 그런 내게 소원이란 게 있었으니 눈 내리는 어느 날 궁에 가는 것이었다. 일종의 서울 로맨스인 셈이다. 인턴 관리를 맡았던 그 여성 연구원은 가만히 내 말을 듣더니 뜻밖의 대답을 돌려주었다.

"뭐야. 겨우 그런 게 소원이란 말이에요? 그럼 오늘만 특별히 나갔다 와요. 근처 덕수궁에 가면 되겠다."

그날 오후 나는 정말로 덕수궁에 다녀왔다. 고요한 평일 오후의 그늘진 눈밭에 첫 발자국도 찍었다. 두 시간여의 짧은 스노우 베케이션. 어떤 이유로 그는 선뜻 외출을 허락한 것일까. 그 역시 나처럼 눈 내리는 날이면 고요한 궁궐이 떠올랐던 것일까. 매해 봄볕이 쏟아질 때마다 잔디밭에 뒹굴고 싶은 마음을 꾹꾹 눌러왔던 것일까. 지금 와 생각하면 내 인생 첫 사회생활에서 그를 만난 것은 행운이나 다름없었다.

아름다움은 어디에나 존재한다. 다만 누군가는 그것을 무심히 지나치는 반면, 어떤 이는 자신의 눈과 마음으로 발견한 아름다움에 이름을 붙이고 기억하며 오래도록 음미한다. 나는 《주말엔 숲으로》라는 책에 나오는 모든 에피소드를 좋아하는데, 특히 숲을 걸으며 나누는 친구들의 대화가 인상적이다. 예컨대 이런 것.

"'저녁놀'이라는 단어 참 좋지. 이렇게 아름다우니까, 그에 어울리도록 아름다운 이름을 지어준 것이겠지."

누군가가 이름 붙인 사적인 아름다움에 함께 공명하고 즐기는 사람들. 이들의 호주머니에는 매일 하나둘씩 그러모은 자기만의 낱말이 데굴데굴 구르고 있을 것만 같다.

고양이의
산책법

옹심이는 성남의 30년 된 아파트에 사는 방년 10개월 고양이다. 옹심이의 하루 첫 일과는 뒷산 관찰이다. 벽에 두 앞발을 기대고 서서 쭈욱 기지개를 편 뒤 부엌 발코니로 총총 달려가 샷시 너머의 뒷산을 골똘히 바라본다. 여기서 길게는 한 시간 남짓 머물다가, 이따금 바깥이 한갓진 날에는 조금 일찍 다른 위치로 자리를 옮긴다. 이번에는 거실과 통하는 발코니, 그 다음 목적지는 작은방 책상을 딛고 올라야 하는 창문 틈새. 그렇게 아침 내내 자리를 옮겨가며 정성을 쏟는 대상은 까치와 참새, 주황빛 섞인 깃털을 가진 이름 모를 새들이다. 미동도 없이 쫑긋 선 귀를 안테나처럼 바삐 움직이는데 집중력이 대단하다. "옹심아" 하고 나지막이 부르면 돌아보지도 않고 한쪽 귀만 뒤로 슬쩍 마중을 보낸다.

　겨울이 오면서 창문을 열기가 부쩍 어려워졌다. 추위보다 미세먼지가 더 문제다. 영 답답해서 '잠깐 환기를 시켜볼까' 싶다가도 '미세미세' 앱의 성난 표정을 확인하고 나면 쉽게 단념하게 된다. 그런데 탁한 공기 때문에 불편을 겪는 건 사람만이 아니다. 고양이는 재미를 잃었다. 묵직한 이중 샷시가 외부 소음을 죄 차단시킨 바람에 까치와 참새와 주황빛 섞인 깃털을 가진 새의 지저귐을 들을 수 없게 된 것이다. 꾸벅꾸벅 졸다가도 새 소리에 얼른 일어나 그 방향으로 경중 뛰어가는 일도 자연히 줄어들었다. 한번은 그 모습이 괜히 안쓰러워 유튜브에서 새 지저귀는 영상을 찾아 스피커로 틀어준 적이 있다. 잠시 반응하는가 싶더니 '어딜 날 속이려구' 하는 표정으로 제 소파로 돌아가 누워버린 옹심이. 사람의 얕은 수가 들통 나고 말았다.

　한동안 〈펫츠고! 댕댕트립〉이라는 프로그램을 즐겨 시청했다. 본방 사수까지는 아니고 채널을 돌리다 우연히 마주치면 반갑게 보는 정도였다. 연예인 출연자와 그의 반려견이 함께 미국 LA와 뉴욕, 포틀랜드를 여행하는 장면은 그 어떤 예능보다 유쾌하고 무해한 웃음을 줬다. 여기엔 상대를 깎아내리는 비아냥도 희롱도 혐오도 없다. 서로를 보듬고 아끼는 애정만이 화면에 차고 넘친다. 내 얼굴에도 희멀건 웃음이 걸릴 수밖에. 그렇게 가벼운 마음으로 여정을 따라나선 뒤에는 매번 한결같은 감정에 이르곤 했다. 나도 옹심이랑 저 멀리 떠나고 싶다, 같은 애꿎은 상상. 우연이 아닌 게 프로그램 속 주인공은 모두 '댕댕이'들이다. 잘은 모르지만 개에겐 주인과 함께 기차를 타거나 낯선 호텔에서 잠을 청하는 것이 아주 어려운 일은 아닌가 보다. 공원에서 도가(Dog와 Yoga의 합성어)를 하고, 개 전용 해변의 모래사장에서 친구들과 뛰놀고, 호텔 로비에서 열리는 핼러윈 파티에도 참여한다. 만약 고양이에게 미움을 사고 싶다면 딱 저렇게만 하면 될 것이다.

지난해 홋카이도 동부의 아칸호수 근처에서 하룻밤을 보냈다. 이곳은 오래전 홋카이도 원주민인 아이누족이 살았던 지역이다. 내가 예약한 야마노야도 노나카온천은 시내 중심가에서 동떨어진 곳이었다. 얼마나 한적한가 하면, 가

로등 하나 놓여 있지 않은 캄캄한 산악도로에서 사슴 무리
와 홋카이도 여우를 맞닥트릴 정도였다. 불편한 위치를 애
써 감수한 건 온전히 고양이 때문이었다. 소박한 분위기의
이 온천 민박에는 고양이 두 마리와 털이 수북한 개가 함께
살고 있다. 반려동물 숙박이 가능한 것은 물론이다. 아니나
다를까 체크인을 도와준 중년 부인의 한쪽 품에는 고양이
가 포근히 안겨 있었다. 윤기 나는 검은 털을 가진 고양이의
이름은 유키. 어느 샌가 내 발치에 드러누운 유키가 몸을 좌
우로 뒤집으며 환대의 표시를 했다.

날이 밝고 나니 지난밤 보지 못한 것들이 하나둘 눈에 띄
었다. 기념사진을 찍을 수 있게끔 세워 놓은 동물 그림판,
건물 간판에 쿵 찍혀 있는 귀여운 개발바닥. 체크아웃을 준
비하던 그때 분홍색 털조끼를 입은 시추 두 마리가 1층 리
셉션에 모습을 보였다. 내 옆방에 머문 숙박객의 반려견이
었다. 같은 날 오후 나는 시추 가족을 인근 호수에서 다시
한번 마주쳤다. 신이 나서 걷는 시추 뒤를 두 여성이 잰걸음
으로 쫓고 있었다. 아마도 그때 나는 대수롭지 않게 여겼을
것이다. 자신의 반려견과 함께 낯선 숲에서 낯선 공기를 마

시는 일이 어떤 의미를 가지는지. 그 추억의 무게를 가벼이 생각했다. 아니, 과연 가늠이나 했을까. 불과 몇달 전 옹심이가 내 곁에 오고서야 알게 된 세계가 있다. 없었다가 생겨난 것이 아니라, 처음부터 거기 있었으나 내가 결코 궁금해한 적 없는 세계. 인간이 세상의 전부가 아닌 세계. 나의 1년이 어떤 존재에겐 예닐곱 배쯤 빠른 속도로 흐르는 세계.

가끔 나와 남편, 옹심이가 함께 파타고니아의 모레노빙하나 영국 코츠월드의 시골길에 서 있는 모습을 상상한다. 겨우 상상일 뿐인데도 의기소침해진 어느 날에는 아파트 단지 주차장을 거니는 생각만으로도 행복할 때가 있다. 하지만 어쩌면 옹심이는 성남의 오래된 아파트 거실에서 바라본 세상을 더 좋아할지도 모른다. 고양이는 영역 동물이고, 사람은 고양이 속을 알 수가 없다.

옹심이가 임시보호처를 떠나 우리 집에 온 첫날이 지금도 생생하다. 두려움일랑 없이 호기심에 찬 눈으로 안방과 부엌을 샅샅이 탐색하고선 제 밥그릇 앞에 앉아 저녁식사를 하던 씩씩한 고양이. 가릉가릉 울면서 얼굴을 내 손등에 콩 갖다 대던 살가운 온기를 떠올리다 보면, 아주 혹시나 싶은 기대가 생기고 만다.

"우리 요 앞에 까치 만나러 나가볼까?"

옹심이는 타고난 수다쟁이인데, 나는 그중 아무 말도 이
해하지 못한다.

지금 같은 겨울이었던가. 대학로에서 친구를 만나고 헤
어지는 길에 창경궁엘 들렀다. 그날따라 날씨가 차분하기
도 했지만 어떤 기분이 내가 걷게끔 추동했던 듯하다. 차를
마시며 친구와 나눴던 대화들, 삼십 대 기혼자로서 내 자리
를 찾는 고충이라든가 이전에 없던 관계에서 비롯한 고민
을 바람결에 떨쳐내고 싶었다.

여전히 늠름한 백송을 지나 호숫가에 이르렀을 때 턱시
도를 차려 입은 고양이를 발견했다. 호수 둘레를 따라 바삭
마른 낙엽 위를 유유히 거니는 중이었다. 무심결에 그 뒤를
조용히 쫓기 시작했다. 싫은 기척을 보이면 냉큼 그만두려
했는데 고양이는 알면서도 신경 쓰지 않는 눈치였다. 나는
내게 허락된 만큼의 간격을 유지하며 걸었다. 고양이는 의
외로 자주 멈춰 섰다. 갈대숲에 얼굴을 쓱 넣었다 빼더니 앞

발을 휘두르기도 하고, 느닷없이 바닥에 몸을 굴렸다. 동그랗게 볕이 든 자리였다. 다시 또 걸음을 옮기다 멈췄을 때는 호수를 오래도록 바라보았다. 고양이는 사람보다 더 먼 곳을 보는 동물이니 내가 모르는 무언가를 포착했을지도 모른다. 그러곤 얼마쯤 지났을까. 금세 지루해져서 먼저 자리를 뜨고 만 것은 다름 아닌 나였다. 어쩐지 고양이로부터 산책의 기술을 한 수 배운 기분이 들었다.

요즘 내가 바라는 소망은 어서 봄이 오는 것이다. 앙상한 나뭇가지에 이파리가 돋고, 잠시 떠났던 새들이 뒷산으로 돌아올 무렵엔 창문을 실컷 열 수 있을 테니까. 그때마다 꼬리를 한껏 세운 채 코를 벌름거리며 밖을 내다볼 옹심이의 옆에 나도 멍하니 앉아 있어 볼 참이다. 지지부진한 고민들이 바람결에 날아갈 때까지, 아무런 생각 없음이 아무렇지 않게 될 때까지. 가만히, 멀리. 물론 미세먼지가 뒤로 물러난 봄이어야만 가능한, 그야말로 꿈 같은 소망이다.

—

이동이 목적지를 향해
직선으로 달리는 행위라면

여행은 목적지에 닿기까지
가능한 한
우회하려는 시도이지 않을까.

—

#파리 #시리아 # 이집트 #우유니사막 #아타카마사막

2

빼기의 마음

파리에서
혼자가 되는 법

대학 졸업과 동시에 아르바이트를 시작했다. 새벽에는 학교 앞 뚜레쥬르, 오후에는 길 건너 던킨도너츠에서 각기 다른 앞치마를 멘 채 상호를 외쳤다. 친구는 내 몸에서 기름에 절은 냄새가 난다며 손바닥을 허공에 휘휘 젓는 시늉을 했다. 바람결에 시큼한 땀 냄새가 풍겼다.

빠듯하게 돈을 모은 건 여행 경비 때문이었다. 해외 경험이라곤 친구 따라 엉겁결에 다녀온 26만 원짜리 4박 6일 앙코르와트 패키지가 전부였던 나는 가끔 그 사실이 내 청춘의 어떤 흠결처럼 느껴졌다. 무라카미 하루키의 《해변의 카프카》를 읽고서 친구의 생일카드마다 "세상에서 가장 터프한" 스물네 살이 되자고 쓰던 시절이었다. 고민 끝에 45일

간 터키와 시리아를 여행하기로 했다. 아빠의 40리터 코오
롱 배낭을 빌리고, 즐겨찾기 해둔 세계일주 블로거의 후기
를 참고해 루트를 짰다. 육로로 국경을 넘을 생각이었다. 틈
틈이 중앙도서관에 들러 이슬람문화에 관한 책도 빌려 읽
었다. 재학생인 척 과제 중인 무리에 끼어 여행서적을 들춰
보는 쾌감이 꽤 짜릿했다.

　출국을 한 달쯤 앞둔 무렵 미니홈피 방명록에 새 게시글
이 올라왔다. 1년 전쯤 어학연수를 떠난 대학 선배였다. 학
과 동기의 소개로 만난 우리는 친구도 애인도 아닌 채 여러
달을 보내다 어영부영 끝이 난 사이였다. 여느 연애 스토리
가 그렇듯 타이밍이 맞지 않았다. 다행인지 불행인지 인연
은 계속됐다. 캠퍼스에서 우연히 마주치면 스스럼없이 대
화를 나눴고, 이따금 방명록을 통해 안부를 묻기도 했다. 각
자의 애인에게 실례가 되지 않을 만큼의 거리를 유지하며.
이마저도 스물하나, 스물둘 때의 추억일 뿐 더이상의 반전
은 없는 완결된 이야기였다. 그런데 어느 날 조약돌처럼 굴
러든 한마디가 마음을 휘저었다.

　"파리에 올래?"

나는 기약 없이 기다린 편지를 받은 사람처럼 기뻤고, 열어봐선 안 될 편지를 읽은 것마냥 곤혹스러웠다. 답을 남긴 건 며칠이 지나고서였다.

숙소는 파리 3존에 있는 고층 아파트였다. 셰어하우스에 딸린 작은 방 한 칸. 방 주인인 한국인 유학생이 고국에서 방학을 보내는 동안 내가 대신 그 자리를 채우게 된 것이다. 이맘때쯤 프랑스 한인 교민회 사이트에는 이런 류의 장단기 임대 게시글이 자주 오르내렸다. 30일치 렌트비는 세금 포함 250유로였다. 호스텔 도미토리에서 내내 살을 부대끼는 고역에 비하면 나쁘지 않은 금액이다. 물론 싼 만큼 단점도 분명했다. 파리 중심가인 1존을 가려면 RER A선을 타야 하는데, 요금은 비싸면서 치안은 불안정하다는 소문을 들었기 때문이다.(매일 밤 광란의 현장으로 바뀌는 그 열차에 대해 도착 첫날 하우스메이트가 귀띔해줬다.) 하지만 그보다 나를 더욱 실망에 빠트린 건 '파리답지 않은' 동네 분위기였다. 경기도 어디인 듯한 복도식 아파트단지와 교차로, 대형마트로 둘러싸인 풍경은 너무도 익숙해서 당황스러웠다. 에

누리 없는 딱 250유로치만큼의 환상.

첫 주에는 관광명소를 부지런히 찾아 다녔다. 에펠탑을 보았고(전망대까지 오르진 않았지만), 베르사유궁전을 다녀왔으며(정원만 보고 왔지만), 모나리자를 보기 위해 모인 전 세계인의 뒤통수도 사진으로 남겼다. 더이상 갈 만한 장소가 떠오르지 않을 즈음 나는 지도를 펼쳐 파리를 아홉 조각으로 대강 나눴다. 그때 내가 가진 것이라곤 파리 지하철 노선도와 시내 지도가 전부였다. 노트북도 가이드북도 없었다. 저가항공만 타느라 배낭 무게를 8킬로그램에 맞춰야 했기 때문이다. 2G 슬라이딩 휴대폰은 오직 시계 기능에만 충실했다.

한 구역당 이틀이면 충분하지 않을까. 사전정보가 없으니 계획 같은 건 불가능했다. 다만 지난 며칠간 행군하듯 걸으며 깨달은 어떤 확신이 내 등을 떠밀었다. 어디로 가야 할지 모르지만, 어디로 가도 좋을 것이라는 확신. 이곳에선 일단 걸음을 떼면 자연스레 다음 목적지가 정해졌다.

파리의 거리는 친숙한 단어의 조합으로 빚어낸 시의 구절과 같았다. 발코니를 꾸민 제라늄 화분, 개나리색 우체통,

몽마르뜨언덕 아래의 회전목마, 화려한 전통의상 차림의
아프리카 여인, 거리를 향해 놓인 카페 테이블, 낡은 책과
포스터를 파는 부키니스트, 버튼을 꾹 눌러야 열리는 지하
철 출입문, 인공비치로 변신한 센강의 모래사장, 저녁 8시
30분의 뭉근한 여름 햇살. 온전하게 이해할 순 없지만, 그
알 수 없음으로 인해 문장은 더욱 아름다웠다. 나는 아끼는
책을 대하듯 파리의 골목을 읽고 또 읽었다. 그리고 어느 순
간 보지 않고서도 구절을 읊을 수 있게 됐다. 나는 그 길을
매일 산책하듯 오고 갔다.

   돌이켜보면 처음 며칠은 몸을 사렸다. 좁은 골목이 못 미
더워 북적이는 대로변만 골라 다녔다. 잡상인과 혼자 걷는
남자, 심지어 설문지를 들이미는 어린 여자아이들마저 조
심스러웠다. 종일 긴장한 나머지 집에 돌아오면 양쪽 어깨
가 뻐근할 지경이었다. 갈림길에선 거의 좌회전을 택했다.
혹여 길을 잃거든 지체 없이 원래의 자리로 돌아오기 위해
서. 나는 방황이 싫었다. 우물쭈물 서성이는 자신을 굳이 이
곳에서까지 확인하고 싶지 않았다. 자연히 걷는 동안 시선
은 지도에 고정되어 있었다.

그럼에도 어느 날에는 그토록 피하려 애썼던 막다른 길과 맞닥뜨렸다. 언덕까지 힘들여 올라온 보람도 없이 짜증이 치밀었다. 소매 끝으로 이마의 땀을 닦으며 나는 계단을 내려다보았다. 어디서부터 잘못된 것일까. 그때였다. 하필, 이라고밖에 설명할 수 없는 바로 그때. 어디선가 가느다란 선율이 들려왔다. 페인트칠이 벗겨진 건물의 얇은 커튼 사이로 첼로를 켜는 실루엣이 보였다. 순간 나를 둘러싼 공기가 미묘하게 달라지는 듯했다. 그저 착각이었을까.

어릴 때 텔레비전을 틀면 아프로펌을 한 화가 아저씨가 늘 그림을 그리고 있었다. 좀처럼 잊기 어려운 그 이름은 밥 로스. 몇 번의 붓칠로 캔버스 위에 아름다운 설산과 호수, 뭉게구름을 탄생시키던 그는 방금 그려 넣은 선이 마음에 들지 않으면 아직 마르지 않은 그 부분을 다른 색 물감으로 획 덮어버렸다. 그러고선 태연한 표정으로 말했다.

"우리는 실수를 하지 않아요. 그저 즐거운 우연이 생기는 것뿐이죠."

당시 열혈 시청자였던 나와 내 친구들이 화면 너머로 배운 것은 잘못 그려 넣은 직선에 좌절하는 대신, 그 직선을 나무 기둥으로 변신시키는 재치였으리라. 그리고 파리의 막다른 골목에 다다른 그날, 나는 알 수 없는 어딘가로 홀리듯 이끌리는 신비로운 현상을 감히 여행이라 믿게 됐다.

　고대했던 재회는 퐁피두센터 앞에서 이루어졌다. 길이 엇갈리는 바람에 얼굴을 맞대자마자 "어휴, 왜 여기 있었어요" 하고 핀잔하기 바쁜, 오히려 그런 어수선함이 다행스러운 만남이었다. 우리는 선배의 집에서 찌개를 끓여 먹고 한국 예능프로그램을 함께 시청했다. 식사가 끝난 뒤에는 커피 한잔 나눌 새 없이 각자의 자리로 돌아갔다. 귀국을 앞둔 선배는 이런저런 뒤처리로 분주한 와중이었고, 나는 불평이랄 것 없이 홀로 집을 나섰다. 구겨진 종이처럼 마음의 모서리가 일그러졌지만 그뿐이었다. 샤틀레역에서 RER A선을 타고 나는 3존의 고층 아파트로 다시 돌아왔다.

　눈을 떴을 땐 정오에 가까운 시각이었다. 습관처럼 커튼을 젖힌 뒤 텔레비전을 켰다. 지난 새벽 퀸의 콘서트를 내보내던 아르떼 채널에서는 마릴린 먼로 다큐멘터리가 방영 중이었다.

여행 중반에 이르러서는 매일 이 무렵 일어났다. 아침 일
찍 기상하려는 노력은 진작 포기했다. 다행히 파리의 여름
은 늦잠을 자고 일어나도 아무런 죄책감이 없을 만큼 낮이
길었다. 나는 늦잠과 낮잠 사이를 교묘히 오갔다. 한국의 시
간표에 맞춰 설정해둔 알람은 꺼둔 지 오래였다. 눈이 자연
스럽게 떠질 때까지 기다렸고, 그렇게 나를 내버려두는 것
만으로 묘한 해방감이 밀려 왔다. 파리에 온 뒤론 그저 기분
이 좋다는 이유만으로 무언갈 선택하거나 행동했다. 누구
도 내게 이유를 묻지 않으니 나 역시 구구절절 설명할 필요
가 없었다. 큰 잘못이라도 되는 것처럼 늦잠을 감추지 않아
도 됐다. 이곳에서 나는 '그냥'인 채 살았다. 그냥은, 어감도
귀엽다.

셰어하우스에선 공용 냉장고를 사용했다. 그중 맨 아래
칸을 배정받았다. 여기엔 야채, 계란, 우유, 소스 등 식재료
가 늘 그득했다. 아침부터 저녁까지 하루 세끼를 꼬박 집에
서 챙겨 먹었기 때문이다. 메뉴는 한결같이 파스타였다. 생
크림과 토마토, 스파게티와 펜네와 파르펠레. 소스와 면의
조합을 바꿔가며 여섯 종류 이상의 파스타를 요리했다. 그

렇게 먹고 남은 음식은 밀폐용기에 보관했다가 외출할 때 가방에 챙겨 넣었다. 파리에는 동네마다 작은 공원이 하나쯤 있기 마련이라 가볍게 허기를 달래기 좋았다. 이웃 벤치에는 나와 비슷한 처지의 사람들이 종종 보였다. 그들은 주변의 시선일랑 신경 쓰지 않고 각자의 도시락에 집중했다. 대개는 햄과 치즈를 끼워 넣은 바게트 샌드위치였다. 나는 샐러드와 마구 뒤섞인 멀건 콜드파스타를 포크로 꾹꾹 눌러 짚어 하나씩 입에 넣었다. 더할 나위 없이 차분하고 우아한 식사였다.

어제보다 알덴테에 가까운 오일파스타를 먹은 뒤 바삭하게 마른 빨래를 갰다. 단순 반복되는 가사노동에 몸이 금세 노곤해졌다. 저녁에는 시청사 앞에서 프낙 페스티벌이 열릴 예정이었다. 혼자서도 재밌을까. 싱거운 고민을 하며 나는 밀려오는 졸음을 막아보려 애썼다. 다행히 드문드문 떠오르는 잡생각이 눈꺼풀을 붙들었다. 어젯밤 폐장을 앞둔 '오샹'에 들러 세일 품목을 살피고, 마늘과 토마토의 무게를 재고, 먹어보지 못한 바게트를 고심해서 살피던 일. 묵직한 비닐봉지를 쥐고 아파트단지를 가로지르며 느낀 뿌듯함.

그 무렵 내게 길을 묻는 행인이 유독 많아진 것과 규칙적인
일과가 된 장보기 사이의 상관관계에 대해 생각했다. 아, 틈
틈이 쓰려고 했던 자기소개서는 그만 까맣게 잊고 지냈다.
인사담당자의 눈에 띌 만한 이색적인 에피소드도 없었거니
와 배낭여행 와중에 취업 준비라니. 혀를 끌끌 찼다.

소리 내어 혀를 끌끌 차며, 나는 새삼 놀라고 말았다. 한
달 가까이 타인과 대화를 나눈 적 없다는 사실에. 그리고 그
침묵이 생각보다 견딜만 한 자신에게.

3주째 먹는 파스타도 아직은 질리기 전이었다. 슬금슬금
일어나 씻고, 양파 껍질을 벗기고, 지도를 펼쳐 오늘 하루를
가늠하고, 빨래를 널고, 이해 못 할 TV 쇼를 시청하고, 낮잠
을 자고, 목적 없이 거리를 배회하는 단조로운 생활도 그럭
저럭 적성에 맞는 듯했다. 불과 몇 달 전 졸업을 앞두고 심
리학 전공 수업을 쫓아다니던 게 떠올랐다. 열심히 공부한
덕분에 학점은 꽤 쏠쏠했다. 건강한 대화법과 안정된 심리
상태에 대해서도 배웠다. 하지만 마지막 학기가 종료될 때
까지 내가 정말로 궁금했던 한 사람에 대해선 끝끝내 알 수
없었다.

《해변의 카프카》의 다무라 카프카 군은 "혼자 모르는 고향에서" 자신이 그나마 알 수 있는 것이라곤 그가 "외톨이라는 사실"뿐이라고 말한다. 나아가 그것이 자유의 상태일지도 모른다는 상념에 이른다. 에펠탑도 센강도 보이지 않는 파리의 어느 아파트 작은 방에서 나는 어떠했는가. 깨달음은커녕 빠짐없이 쓰려 했던 일기는 날이 갈수록 내용이 짧아졌다. 다만, 꼬박꼬박 자신을 챙기고 먹이는 생활의 어엿함과 번거로움이라면 몸으로 확실히 깨우쳤다. 무엇이든 '그냥' 시도해보고 금세 잊는 사사로운 자유를 누렸다. 타인의 기대에 부응하지 않는 방향으로 선택하고 걸었다.

나는 혼자일 때, 혼자가 되는 법을 비로소 알게 됐다.

우리의 여행이
멈추지 않도록

도착한 곳은 시리아 하마의 리아드호텔이었다. 터키 안타키아에서 출발한 야간버스가 나를 고속도로 한가운데 내버린 바람에 하마터면 국제 미아가 될 뻔했던 것을, 마음씨 좋은 택시 운전사가 단돈 1달러에 리아드호텔 앞까지 데려다주었다. 무늬만 호텔인 호스텔의 리셉션에 들어서자 관리인인 듯한 남자가 내게 먼저 말을 걸어왔다.

"당신도 한국인인가요?"

질문의 배경에는 이유가 있었다. 한국인이라곤 없을 줄 알았던 이곳에 두 명의 숙박객이 머물고 있던 것. 반가운 소식을 전하려던 그의 의도와 달리 나는 퍽 실망했다. 여기서까지 한국인이라니. 싱거운 반응을 눈치채지 못한 그는 침대가 비는 대로 내 방을 옮겨주겠다며 호의를 보였다. 한국인끼리 도미토리를 쓸 수 있도록 배려하겠다는 의미였다. 고마울 이유는 없지만 "땡큐" 하고 슬쩍 미소를 지었다.

리아드호텔의 방명록에는 세계 각국 여행자들이 남긴 맛집 정보가 빼곡했다. 숙소를 나서기 전 그중 몇 곳을 골라 메모지에 지도를 대충 옮겨 그렸다. 시리아에서의 첫 저녁식사는 켄터키 프라이드치킨과 비슷한 메뉴가 있다는 로컬식당으로 낙점. 이방인이 되기로 자처한 이들이 하루가 멀다 하고 찾는 곳이다.

나는 어색하게 거리를 걸었다. 회화작품 같은 아랍어 간판과 히잡, 덥수룩한 수염, 무미건조한 모래색 건물에 입점한 야한 속옷가게, 그리고 저 붉은 레이스 브래지어보다 더 눈에 띄는 동양인 여성. 낯선 거리 한가운데서 나는 어쩔 바를 몰랐다. 그나마 익숙한 맛의 켄터키 프라이드치킨을 먹게 될 가까운 미래만이 유일한 위안이었다.

A를 다시 만난 건 리아드호텔의 공용 주방이었다. 냉장고에서 꺼낸 요거트와 빵을 든 채 자리를 찾는 나를 보고서 그녀가 자신의 옆자리를 톡톡 두드렸다. A는 우리가 어

제 잠시 마주쳤다는 사실을 기억하지 못하는 듯했다. 나는 켄터키 프라이드치킨과 조금도 비슷하지 않은 음식을 먹고 돌아오는 길이었고, 상대는 세상 나른한 표정으로 생과일주스의 빨대를 입에 물고 있었다. A는 스물넷의 내가 처음으로 만난 세계일주 여행자였다. 더는 궁금한 게 없다는 듯 하루의 대부분을 침대나 소파에서 보내던 A의 유일한 외출이라곤 근처 시장에서 생과일주스를 사 먹는 정도였다. 이상하다는 생각보단 오히려 그 태도가 멋있어 보였다. 저 사람은 참 당당하구나. 한 달 동안 파리에 머물 계획이라는 내 말에 의아해하는 대신 "그거 좋은데!" 하고 맞장구쳐준 유일한 사람도 그녀였다. 리아드호텔에서 본 A는 늘 무언갈 쓰고 있었다. 언젠가 내 이야기도 글에 등장할까. 한 방을 쓰는 동안 우리는 서로에 대해 시시콜콜 묻지 않았다. 돌아오면 그저 "오늘은 즐거웠어?" 하고 안부를 건넬 뿐이었다.

하루는 눈물을 뚝뚝 흘리며 숙소로 돌아왔다. 온몸이 부들부들 떨렸다. 어떻게 숙소를 찾아왔는지 기억조차 나지 않았다. 언제나처럼 리셉션 소파에 앉아 블로그를 보고 있던 A가 그런 나를 가장 먼저 발견했다. 엄마의 다정한 물음에 꾹 참았던 눈물을 터트리는 아이처럼 나는 그만 엉엉 울었다. 무슨 일이냐는 걱정 어린 목소리에 더욱 서러워졌다.

하마의 한적한 골목을 거닐던 때였다. 자전거를 탄 한 남자가 내 쪽으로 다가와 어설픈 영어로 말을 붙여왔다. 그의 손짓 발짓을 보아하니 근처에 볼 만한 수차가 있으니 따라오라는 뜻인 듯했다. 하마에는 비잔틴 시대에 세운 600년 남짓된 수차가 곳곳에 남아 있어 이것을 보기 위해 오는 관광객들이 많다. 선의는 알겠으나 남자의 뜬금없는 제안이 껄끄럽긴 매한가지였다. 기분이 상하지 않도록 조심스럽게 거절 의사를 밝혔다.

"잇츠 오케이. 땡큐."

하지만 지나치게 조심스러웠던 것일까. 나의 '오케이'가 당신이 생각하는 '오케이'가 아니라는 것을 남자는 모르는 것 같았다. 거의 조르다시피 한 끈질긴 요구에 결국 길을 따라나섰다. 눈앞의 짧은 터널만 지나면 되니까, 지금은 한낮의 오후이니까. 안이한 판단이었다. 터널에 들어서자마자 남자는 자전거를 멈춰 세운 뒤 자신의 치마를, 그러니까 전통의상을 주섬주섬 말아 올리더니 속옷을 홀러덩 벗어 내렸다. 나와 눈을 맞추며 남자는 실룩실룩 웃었다. 숨이 턱 막혔다. 비명을 지른 게 분명한데 아무런 목소리도 들리지 않았다. 그런 내가 귀엽다는 듯 그는 다시 한번 씨익 웃었다.

"야 이 개새끼야!!"

뒤늦게 고함이 터졌을 때 남자는 그 자리에 없었다. 자전거를 타고 떠나는 남자 뒤로 햇살은 어찌나 눈부시던지.

그 일이 있은 뒤 밖으로 단 한 발짝도 나가고 싶지 않았다. "칭챙총" 놀리며 따라다니던 어린 소년들마저 위협으로 다가왔다. 절망적이게도 체코 프라하행 출발일까지는 수일이 남은 상태였다.

이튿날 A가 밤 산책을 가자며 내 손을 이끌었다. 나 혼자서는 엄두도 못 낼 일이다. 도시는 생각보다 훨씬 더 활기찼다. 해가 지자 더위를 피해 있던 시민들이 거리로 쏟아져 나온 듯했다. 그중에는 여성들, 아몬드처럼 단단하게 여문 눈빛을 가진 하마의 여성들도 포함됐다. 대낮의 거리에는 온통 남자들뿐이다.

공원은 나들이를 즐기는 가족들로 북적였다. 꼭 한여름

밤의 한강변 같다. 친화력 좋은 A의 너스레 덕에 우리 둘은
어느 대가족의 돗자리에 초대를 받았다. 가로등 아래로 집
에서 싸온 갖가지 음식과 간식거리가 번들거렸다. 극진한
대접을 받은 뒤에는 다함께 기념사진을 찍었다. 호기심 많
은 아이들은 학교에서 배운 서툰 영어로 이름과 고향을 물
었다. 사우스 코리아. 내 대답은 부모와 어린 동생들에게도
종알종알 전해졌다. 따뜻하고 친절한 가족이었다.

다음날, 그 다음날에도 A는 나와 이 도시 사이에 다리를
놓아주려 애썼다. 오해를 풀라는 듯 내 안의 불안과 의심이
옅어질 때까지. 우리의 여행이 이대로 멈추지 않도록.

리아드호텔을 체크아웃하던 날, A는 나를 가볍게 끌어 안
으며 혼잣말을 했다.

"헤어지는 일은 여전히 너무 어렵네."

어리숙했던 나는 그 말의 의미를 선뜻 이해하지 못했다.

이후 시리아를 떠나 터키로 되돌아왔다. 이스탄불로 향
하는 야간버스는 쾌적했다. 앞뒤 좌석 간격이 넓었고, 운전
기사가 직접 자리를 돌며 탑승객의 손마다 레몬향 청결제
를 분사했다. 실내등이 꺼짐과 동시에 나는 여권과 현금이

든 크로스백을 손목에 친친 감았다. 천장에 달린 모니터 화면에 반사된 콧수염과 팔등의 덥수룩한 털이 신경 쓰였지만 애써 무시했다. 시간이 얼마나 흘렀을까. 누군가 내 어깨를 지그시 잡는 듯한 느낌에 화들짝 놀라 눈을 떴다. 버스는 경유지 터미널에 정차 중인 듯했고 비어 있던 옆자리엔 모르는 여성이 앉아 있었다.

얼굴에 스카프를 두른 아주머니가 가만 내민 것은 뜨거운 커피였다. 서비스 음료인 듯했다. 그제야 새벽의 찬 공기를 감지한 몸이 후두둑 떨려왔다. 테쉐퀴르 에데림. 그 한마디가 번뜩 떠오르지 않아 "땡큐" 하고 얼버무리고 말았다. 이내 시동이 걸리고 버스가 다시 어둠에 잠긴 그때, 무릎 위로 부들부들한 온기가 닿았다. 아주머니가 넓게 펼친 담요였다. 말없이 끄덕이는 다정한 얼굴이 그림자에 가렸지만 분명하게 느껴졌다. 덩달아 나도 고개를 끄덕끄덕. 테쉐퀴르 에데림.

얼마 전 페루의 와이나픽추를 올랐다. 그리고 그날 밤, 정상에서 내려다본 마추픽추의 장엄한 풍광 대신 엉뚱한 장

면 하나가 머릿속을 맴돌았다.

　그녀는 아찔한 절벽 위에 홀로 걸터앉아 있다. 그 옆에는 트래킹용 작은 배낭과 물병 하나. 험준한 협곡 사이를 흐르는 우루밤바강과 가파른 산길을 고요히 응시하는 여자의 뒷모습을 나는 멀찍이서 바라본다. 거친 숨을 고르고, 잠시 딴 생각에 빠져 있다가도 시선은 이내 그쪽을 향한다. 그것은 부러움과 동경의 눈길이다. 혼자서 의연한 사람. 혼자여서 외롭지 않은 사람. 혼자이기에 완전한 사람.

　문득 나는 그녀들을 떠올렸다. 약간은 얼빠진 표정으로, 하지만 쉬이 당하지 않겠다는 듯 두 눈을 부릅뜨고 걷던 내게 다정한 강인함을 알려준 그녀들을. 자유로운 영혼이 아닌 책임과 관대함을 말하던 그녀들을.

　한때 차라리 누구도 믿지 않는 편이 안전하다고 여긴 적이 있다. 귀신보다 무서운 게 사람이라는 말에 일면 수긍하기도. 어떤 시기에는 강한 사람이 되고 싶다는 생각을 자주 했었다. 혼자서 끙끙 앓다 대뜸 울음부터 터트리던 때였다.

　지금도 그 다짐은 여전하다. 다만 달라진 것이 있다면 "공기에 기대고 서 있는 나무들"처럼 강해지고 싶다. 누군가에게 기댈 수 있고 또 누군가 기댈 수 있는. 1인분의 몫을 어깨에 메고 씩씩하게 세상을 누비던 여자들에게서 나는 그런 것을 배웠다.

어디 기대지 않으면 살아갈 수 있나요?

공기에 기대고 서 있는 나무들 좀 보세요.

〈비스듬히〉 중에서, 《견딜 수 없네》, 정현종, 문학과지성사

아무 일도
일어나지 않는

　북아일랜드의 장애인 공동체 '캠프힐'에서 보낸 한 해를 정리한 뒤 나는 곧장 한국으로 돌아갈 예정이었다. 그러다 문득 계획을 바꿔 이집트에서 딱 열흘을 보내기로 했다. 다시 취업을 하면 한동안 긴 여행은 불가능할 테니까. 얼마 남지 않은 자유의 시간을 어떻게든 유예하고 싶었다. 때마침 더블린에서 밀라노를 거쳐 이집트 샤름엘셰이크까지 가는 데 드는 비용이 고작 10만 원 남짓이다.

　아마존에서 산《론리플래닛 이집트》영문판을 받자마자 피라미드와 시와사막이 등장하는 페이지의 귀퉁이를 접었다. 알렉산드리아의 유서 깊은 도서관과 1박 2일 나일강 크루즈 투어에도 눈길이 갔지만 언젠가로 영영 미뤄두었다.

복직할 회사도, 어서 돌아오라며 발을 동동 굴리는 애인도 없으면서 괜히 마음이 급했다. 가진 건 시간뿐인데 시간에 쫓겼다. 퇴사 이후 나이를 두 살이나 더 먹었다는 사실에 나는 잔뜩 쫄아 있었다.

샤름엘셰이크공항에 도착한 뒤 다합의 게스트하우스에 짐을 풀었다. 그리고 이곳에서 온몸에 햇빛 알레르기가 돋은 인아를 만났다. 그녀는 숙소에 갇혀 옴짝달싹 못하던 차였다. 얼마나 심심했던지 버선발로 나를 맞은 인아의 첫인사는 "바로 시작하실 거죠?"였다. 스쿠버다이빙 강습을 말하는 것이었다. 의도를 눈치챈 나는 배울 계획이 없다고 했다. 자격증 취득을 위해 수십만 원을 쓰는 게 내키지 않는데다 수영도 할 줄 몰랐다. 다만 반나절 짜리 체험 다이빙은 해볼 생각이 있다고 덧붙였다. 스쿠버다이빙 강습생만 이 숙소에 머물 수 있었기 때문이다. 인아는 이해할 수 없다는 표정을 지었다.

처음에는 강습생을 한 명이라도 더 늘리려는 스태프의 수작인 줄 알았다. 하지만 인아가 다합에서 한 달째 체류 중이며, 매일 바다로 나간다는 사실이 밝혀지면서 더 이상 그녀의 진정성을 의심할 수 없었다. 나는 슬슬 눈치를 보았다. 어떻게 하면 이 불편한 대화를 끝낼 수 있을까. 게스트하우스를 둘러보는 척 나는 시선을 이곳저곳 옮겨갔다. 쉴 새 없이 돌아가는 에어컨, 공용 싱크대에 놓인 고추장통과 간장병, 테이블 한 켠에 쌓인 파란색 교재, 그리고 물 빠진 티셔츠 아래로 드러난 인아의 살갗. 태닝 오일을 발라 우아하게 태운 게 아닌 바다에서 아무렇게나 뒹군 흔적 같았다.

내게는 이런 욕망이 있다. 해안의 선베드에 누워 하릴없이 시간을 죽이다 그마저 지겨워지면 망설임 없이 바다로 뛰어드는 인간이 되어 보는 것. 차려 입은 옷이 더러워져도 개의치 않는 성격을 지닌. 나는 한번쯤 그런 삶을 흉내 내보고 싶었다. 하지만 평생 그렇게 살 자신은 없었다. 마지막 휴가를 위해 간신히 열흘을 내주는 타협 정도가 나라는 인간의 크기이므로.

갈등하는 사이 인아는 내가 도통 모를 세계에 대해 쉬지 않고 쏟아냈다. 블루홀, 심연, 우주, 영원, 호흡…. 그중 알아들은 단어라곤 달랑 '니모' 하나였다. 언젠가 13인치 화면 너머로 만났던 씩씩한 열대어. 이상하리만큼 갑자기 나는 니모가 보고 싶어졌다.

스쿠버다이빙을 배우는 내내 코피가 났다. 바다에서 나오면 속이 울렁거려 배가 고파도 먹을 수가 없었다. 물속에서는 매번 호흡이 엉망이었다. 숨 쉬는 게 무서워 꾹 참았다가 더 이상 어찌할 수 없는 지경이 되면 헐떡이듯 급히 공기를 들여 마셨다. 그때마다 어깨에 멘 15킬로그램짜리 알루미늄 공기탱크의 수치가 줄어드는 것이 눈에 보였다. 생명이 깎여나가는 기분이었다. 그럼에도 꿋꿋이 강습에 참여했다. 수업료가 아깝기도 했거니와 사흘쯤 지나자 바다가 한결 편해졌다. 수영을 할 줄 모른다는 사실 또한 변변찮은 핑계가 됐다. 몸에 착 달라붙는 3밀리미터 두께의 슈트가 튜브 역할을 했기 때문이다. 마블의 히어로들이 코스튬을 갖춰 입은 데는 이유가 있다.

그 무렵 인아는 바다 전망이 딸린 임대주택을 수소문하고 다녔다. 우리는 방 한 칸에 벙커 침대 세 개를 채워 넣은 남녀 공용 도미토리에 묵고 있었는데, 매일 아침 엇비슷한 시간에 일어나 강습을 다녀온 뒤 차례로 샤워를 하고 다함께 저녁식사를 만들어 먹는 분위기였다. 강습생 대부분은

나 홀로 세계일주 중이거나 아프리카에서 몇 개월간 고생한 직후였다. 한국어와 김치 냄새가 가장 그리울 시점에 다합에 도착한 것이다. '대책 없이 놀고먹는 여행자'라는 자의식이 흥건한 공간에서 사생활 침해 따윈 누구의 안중에도 없는 듯했다. 눈을 뜨면 옆 침대 주인이 바뀌어 있는 도미토리가 지긋지긋한 한 사람을 제외하곤.

메인 비치에서 도보로 15분쯤 떨어진 한적한 해변가에는 렌털 하우스가 즐비했다. 유럽에서 온 가족 단위 관광객이 주로 머문다고 한다. 인아가 고른 집은 외벽이 하얗게 페인트칠된 지중해 스타일로, 꾸미다 만 정원을 지나면 그제야 현관이 보였다. 도미토리에 비하면 그 집은 단연 쾌적했다. 넓은 거실과 아일랜드 식탁이 놓인 주방, 싱글침대가 놓인 방이 두 칸이나 있다. 여기에 동향으로 난 베란다 창 너머의 바다까지. 그 집은 완벽한 휴가를 완성해줄 마지막 단추였다. 집주인과 렌트비 협상까지 마친 인아는 그새 마음을 굳힌 듯했다.

"나랑 여기서 한 달 더 있을래?"

별일 아니라는 투로 인아가 내게 물었다.

바다가 보이는 집에서 사는 기분일랑 어떤 것일까. 반지하 월세방과 세면대 위에 샤워기가 달린 셰어하우스에서 먹고 자는 생활에 대해서라면 나는 잘 알고 있었다. 볕이 들지 않는 집에는 늘 구름이 껴 있다. 음습하고 서늘하며 일요일 한낮에도 자꾸 잠이 온다. '오늘 하루도 망했다'며 수시로 실의에 빠지기 십상이다. 하지만 창 너머로 이웃집 담벼락 대신 파도가 보이는 집이라면 적어도 해가 뜨고 지는 광경만큼은 실컷 누릴 수 있겠지. 서울에서는 결코 가져본 적 없는 호사를.

모래사장에 푹푹 빠지는 자전거를 들어 올리며 나는 몇 번이고 "정말요?" 하고 되물었다. 그러다 끝내는 거절했다. 고맙지만 그럴 순 없다고 했다. 앞으로 평생 쓸 기회라곤 없을 것 같은 자격증을 따느라 통장에는 100만 원도 채 남아 있지 않았다. 열흘 일정을 다합에 올인한 것만으로 방탕한 생활은 충분히 맛보았다.

만약 그 시간에 운전면허 1종 자격증을 땄다면 어땠을까. 달라졌을까, 무엇이든 나아졌을까.

"렌트비랑 식비는 내가 부담할게. 넌 가끔 맛있는 거나 만

133

들어줘."

인아는 이해할 수 없는 고집을 부렸다. 나흘 뒤 나는 집으로 가는 비행기를 탈 예정이었다.

"그런데 말야, 한 달쯤 여기 있는다고 해서 인생이 크게 달라지진 않아."

어쩜 저리 대수롭지 않을까.

"…의외로 아무 일도 없더라구."

이튿날 우리는 '씨 뷰'를 자랑하는 렌털 하우스로 이사했다. 짐이라곤 각자의 캐리어와 배낭이 전부. 항공권 날짜 변경 처리는 허무하리만큼 쉽고 빠르게 진행됐다. 출발일을 한 달 미룬 대가로 치른 수수료 2만 6,000원은 염려한 것치곤 소소한 금액이었다. 도미토리 친구들은 나의 갑작스러운 결정에 놀란 눈치였지만 굳이 이유를 묻지 않았다. 누군가 다합에선 그런 일이 비일비재하다고도 했다. 40도를 웃도는 열기가 지속되던 여름의 한가운데였다.

눈을 뜨면 바다로 나갔다. 인아는 혼자 수영 연습을 했다. 그런데 정작 가르쳐주는 사람이 없어 무작정 '자유형스러운' 영법을 따라할 뿐이었다. 숨은 거칠고 자세는 형편없었지만 그것과 별개로 인아는 매일 조금씩 어딘가로 나아갔다. 그 시각 나는 스노클링에 빠져 지냈다. 수심 30미터까지 입수할 수 있는 PADI 어드밴스 자격증이 무색하게도 부표처럼 수면 위를 둥둥 떠다녔다. 다만 무적의 슈트를 입지 않은 탓에 멀리 가지는 못하고 발이 닿는 곳 부근을 맴돌며 안전에 주의했다. 주로 총천연색 산호초와 그 틈에 서식하는 열대어 무리를 관찰했다. 방실방실 꼬리를 흔드는 니모는 화면보다 실물이 덜 귀여웠다.

가끔은 인아를 따라 먼 바다로 나가고 싶었다. 사실 수면과 몸이 평행을 이루도록 유지하며 앞으로 향하는 건 어렵지 않다. 부지런히 발장구를 치면 될 일이다. 문제는 멈춰서서 고개를 들어야 하는 시점이다. 해안으로부터 얼마나 멀어졌는지, 주변에 사람이 있는지 확인하기 위해선 수면과 직각이 되도록 몸을 곧추세워야 한다. 나는 그 동작을 도무지 해낼 수가 없었다. 발가락 끝이 지면에 닿지 않는다는 상상만으로 숨이 막혔다. 콧구멍으로 바닷물이 밀려들고, 허공에 손을 휘적거리고, 이내 몸이 가라앉는다. 얼마나 짜고 맵고 쓰릴까. 구체적인 고통의 실감은 죽음에 대한 막연한 공포보다 훨씬 위협적이었다.

하지만 때로는 한치 앞만 볼 줄 아는 짧은 상상력이 도움이 될 때가 있다. 나는 가슴팍 높이의 수심에서 일어서는 연습을 했다. 속으로 '괜찮아 괜찮아' 하고 스무 번쯤 되뇌다가 물 밖으로 얼굴을 꺼내는 것이다. 어떤 때는 열 번으로도 충분했지만, 대개는 고개를 들지 못한 채 얕은 곳으로 헤엄쳐 나오기 일쑤였다. 아주 잠시 몸이 허공에 뜰 때면 머릿속이 새하얘졌다. 그때마다 파닥파닥 허우적거리며 두 발을 굴렀다. 염도가 높은 홍해에선 누구나 쉽게 뜰 수 있다던 스쿠버다이빙 강사의 가르침을 떠올리려 애썼지만 그럴 여유따위가 있을 리 만무했다. 몸에서 힘을 빼기 위해 안간힘을 다하는 모순에 빠진 나는 차라리 해마를 떠올렸다. 먼지처럼 물속을 부유하던 멀뚱멀뚱한 얼굴을, 흔들어 깨우고 싶을 만큼 나른하던 몸뚱어리를.

아마 여덟 번째 시도쯤이었을 것이다. 평소와 다름없이 주문을 왼 다음 가벼운 반동과 함께 몸을 띄웠다. 그리고 별안간, 나는 해마가 됐다. 비명을 지르면 그대로 가라앉을 것 같아 으으으 애처롭게 신음을 흘렸다. 파도가 밀려올 때마다 몸속의 장기가 울렁댔지만 그것 말곤 아무 일도 일어나지 않았다. 짜고 맵고 쓰린 소금물로부터 콧구멍도 안전했다. 그제야 나는 조금 기뻐할 수 있었다. 조심스레 고개를 왼쪽으로 움직였다. 홀로 지상 최대의 모험 중인 나와 달리 주위는 지나치게 평화로웠다. 수면 아래로 뛰어드는 신난 엉덩이들이 수시로 보였다. 어쩜 저리 대수롭지 않을까. 아니, 어쩌면 다들 태평한 척 애쓰며 각자의 모험을 헤쳐가는 중일지도 모른다. 저들 중 누군가는 몸집을 부풀린 복어 따위를 생각하며 한 줌의 용기를 내고 있을지도.

그때 저 멀리서 나를 발견한 인아가 웃으며 손을 흔드는 모습이 보였다. 미역 줄기 같은 머리카락을 이마에 붙인 채 부지런히 발을 구르고 있다. 혹시 언니도 속으로 주문을 외나요. '괜찮아 괜찮아' 하고 나처럼요. 바다가 보이는 이층집으로 돌아가는 길에 나는 묻고 싶었다.

좋아하는 걸
좋아하기

버스는 쉬지 않고 목적지까지 단숨에 가려는 모양이었다. 등받이를 130도쯤 젖힌 좌석에 꼼짝없이 갇힌 지 열 시간쯤 지났을까. 이제는 공상도 넌더리가 났다.

신혼여행지로 남미를 택한 건 오로지 우유니 소금사막 때문이었다. 1월에서 3월 사이, 우기에 들어선 우유니 소금사막은 하늘과 땅의 경계가 사라진다. 빗물이 고인 얕은 수면 위로 주변 모든 풍경이 스며드는 곳. 오랫동안 궁금했다. 세상에서 가장 거대한 거울 앞에 서는 기분일랑 대체 어떤 것일까. 그러지 않으려 해도 '우유니'라는 이름 앞에선 자꾸만 호들갑을 떨게 됐다. 구체적인 계획을 세운 뒤로는 유난이 날로 더해갔다. 김칫물이 밴 행주를 빨다가, 횡단보도의 초록 신호를 기다리다가, 지하철 상행 에스컬레이터에서 내려야 할 타이밍을 놓치기도 하면서 상상의 나래를 펼치고 접길 반복했다. 물론 130도로 고정된 허리와 무릎의 고통에 관해서는 조금도 예상하지 못했지만.

멀미 기운이 나길래 이마를 살포시 유리창에 가져다 댔다. 고열이 난 얼굴에 차가운 수건을 얹듯 창가에 맺힌 냉기로 속을 가라앉혔다. 하늘에는 별이 콕콕 박혀 있었다. 어쩌면 새벽의 고속도로야말로 별을 가장 잘 볼 수 있는 장소이지 않을까. 이스탄불에서 카파도키아로 향하는 야간버스 안에서도 이름 모를 별자리를 보았으니 마냥 근거 없는 주장은 아닐 것이다. 여행 중에 만난 한 친구는 밤 비행기를 타면 담요를 뒤집어쓴다고 했다. 작은 창문에 얼굴을 파묻고서 담요로 조명을 가리면 별을 아주 많이 볼 수 있다고, 내게 꼭 해보라며 한 번도 아닌 세 번을 강조했다. 나는 그 이야기를 꽤 오랫동안 묻어두고 지내다 장거리 비행을 떠날 적에 시도해본 적이 있다. 결과가 궁금하다면 담요를 뒤집어쓰고서 비행기 창문 가까이 얼굴을 가져가보길.

야간버스는 아무런 예고 없이 갑작스레 정차했다. 허리

춤에 둘러맨 크로스백을 움켜쥔 채 앞유리창에 걸린 시계를 확인해보니 새벽 4시경. 순간 버스 실내등이 날카롭게 번쩍이면서 짐칸에 실린 배낭이 도로변으로 끌어내려지는 게 보였다. 이런 어수선한 도착이라니. 낭만에 젖어들 틈도 없이 서둘러 남편부터 흔들어 깨웠다.

바깥은 춥고 텁텁했다. 흙먼지 섞인 찬바람을 막아보려 지퍼 끝을 바짝 올려봤지만 헛기침이 멈추지 않았다. 양팔로 제 몸을 감싸 안게 되는 이곳의 계절은 여름. 새벽 특유의 활기찬 공기, 풀벌레 소리라고는 조금도 감지할 수 없는 건조한 사막마을에 기어이 오고 말았다. 나와 남편이 우왕좌왕하는 사이 함께 버스를 타고 온 이들 중 일부는 어디론가 벌써 사라진 뒤였다. 아마도 예약한 숙소의 픽업 서비스 차량에 올라탄 것일 테다. 떠나고 없는 사람들을 부러워하며 우리는 배낭을 고쳐 멨다. 전날 밤 내가 결제한 호스텔은 터미널에서 얼마간 떨어져 있었기 때문이다. 온몸을 두들겨 맞은 듯한 반수면 상태에선 '고작' 10분이 '까마득한' 10분처럼 느껴졌다.

"가볼까?"

몸통 앞뒤로 배낭을 짊어진 남편이 길고 큰 하품을 쏟아
냈다.

무채색의 특징 없는 건물에 들어선 호스텔과 식당, 우체
국을 겸한 버스회사 사무소, 홍콩 몽콕시장이나 파리 생투
앙시장에서 본 듯한 노점상. 희미한 인상의 우유니마을에
서 가장 북적이는 장소는 다름 아닌 여행사 거리였다. 패키
지라면 질색인 배낭여행족도 소금사막을 들어가기 위해선
전문 가이드의 동행 아래 그룹으로 움직여야 하기 때문이
다. 우리는 한국인 사이에서 이른바 '우유니 3대 여행사' 중
하나로 꼽히는 곳으로 향했다. 아니나 다를까 입구 근처에
서 익숙한 한국어가, 너털너털한 사투리가 들려왔다. 입소
문을 탄 3대 여행사에는 공통점이 있다. 소금사막을 배경으
로 '인생사진'을 찍어주는 현지 가이드의 존재다. 조니, 빅
토르 그리고 파블로. 타고난 센스와 사진술을 겸비한 세 명
의 어벤저스는 지구 반대편에서도 이름을 떨쳤다.

우리의 애초 계획은 2박 3일 소금사막 횡단이었다. 하지
만 막상 도착해보니 당장 다음날부터 해당 투어를 운영하
지 않는다는 소식이 전해졌다. 노동 환경에 불만을 가진 운

전기사들이 대형버스로 도로를 점거할 것이란다. 대규모 파업이었다. 볼리비안 식당에서 김치볶음밥을, 정확히는 시고 맵게 볶은 밥을 나눠 먹으며 우리는 일정을 전면 수정했다. 그러고는 스케줄이 맞는 투어 팀에 서둘러 예약금을 걸었다. 오후 4시에 출발해 노을과 은하수를 감상하고 돌아오는 선셋 투어. 내친 김에 일출을 보러 떠나는 선라이즈 투어도 함께 신청했다. 서너 시간 쪽잠을 자고 일어나야 하는 게 영 마음에 걸렸지만 '매일 홍삼엑기스 한 봉씩을 섭취하고 있으니까, 아직은 그럴 만한 연령의 여행자니까'라고 서로를 다독이면서.

투어 차량은 소금사막을 한 시간 남짓 배회하고서야 한 지점에 멈춰 섰다. 찰랑이는 수면 위로 현실이 데칼코마니처럼 반영된, 오랫동안 그려온 풍경이 눈앞에 펼쳐졌다. 한 사이즈 큰 고무장화가 빠지지 않도록 나는 발가락 끝에 힘을 모으고서 사막을 첨벙첨벙 걸었다. 정말 짠가? 순진한 질문과 함께 빗물을 찍어 먹고서는 퉤퉤 미간을 찌푸렸다. 소금사막에 도착했다는 실감은 아릿한 감각을 통해 보다

확실해졌다. 짜다, 진짜 짜다! 그제야 나는 보이는 것을 진짜로 믿게 됐다.

자유시간을 갖기 전, 가이드가 큰 목소리로 흩어진 팀원을 불러 모았다. 그의 뒤로 가지런히 놓인 플라스틱 의자 여섯 개가 보였다. 기어코 올 것이 왔군. 내키지 않았지만 그의 의무와 성의를 무시할 순 없으므로 순순히 의자 앞으로 다가갔다.

이제 한마음 한뜻으로 점프를 하고, 누군가 장풍을 쏘면 나머지는 날아가는 시늉을 해야 할 차례였다. 원근감을 이용해 프링글스통 안으로 기어 들어가는 장면을 연출하고, 인간 알파벳이 되어 'UYUNI'를 완성할 시간인 것이다. 이미 저 옆의 다른 그룹에서는 장풍을 쏘기 시작한 참이었다.

우리 부부는 알쏭달쏭한 심정으로 포토타임에 임했다. '대체 이게 뭔가' 싶다가도 요청받은 포즈는 어떻게든 소화하려 애썼다. 평소라면 결코 하지 않을 일에 덤벼보는 용기와 그룹 내에서 튀는 사람으로 분류되고 싶지 않은 눈치가 뒤섞인 채로. 사진 속 나는 딱 예상만큼 우스꽝스러웠다. 한 번은 농담으로 웃어넘길 수 있지만 두 번은 보고 싶지 않은

모습이었다. 하지만 가끔은 즐겼으니 아주 위선은 아닐 것
이다.

알록달록한 컬러의 판초와 풍선, 3단 우산, 실크 스카프
를 준비해 온 이들은 이제부터 본격 시작인 듯했다. 나와 남
편도 인상적인 컷 몇 장쯤은 남기고 싶어 이런저런 구도로,
자연스러운 듯 의도된 자세로 사진을 찍었다. 광활한 사막
한가운데의 내가 꽤 멋져 보였다. 은근하면서도 존재감을
발휘하는 피사체인 척 얼마나 몰입했을까. 어디선가 함성
소리가 들려왔다. 차분한 줄로만 알았던 일본인 그룹이 차
곡차곡 피라미드를 쌓고 있었다. 햇볕에 소금이 마르면 피
부가 따가울 텐데. 하나마나한 걱정과 함께 인간 피라미드
를 구경하는 그때, 문득 이곳이 거대한 테마파크 같다는 생
각이 스쳤다.

이상한 일이었다. 시간이 지날수록 나는 이곳을 떠나고
싶어 안달이 났다. 눈 맞춤을 허락하지 않는 강렬한 태양도
무한으로 뻗은 지평선마저도 어느 순간 시큰둥했다. 불과
서너 시간 만에 꿈의 장소가 세상에서 가장 지루한 곳이 되
고 말았다. 야간버스의 후유증인가. 역시 홍삼엑기스로는

부족한 체력이었던 것일까. 곰곰 생각해본들 나라는 인간의 시시함에서밖에 이유를 찾을 수 없었다. 한참을 망설인 끝에 나는 남편에게 속내를 털어놓았다.

"여기 정말 별로인 것 같아."

밤은 서서히 다가왔다. 도시와 달리 사막의 하늘은 한눈에 담을 수 없기 때문일까. 노을이 저무는 속도가 유독 더디게 느껴졌다. 은하수는 아직이었다. 그 전에 초승달이 먼저 모습을 드러냈다. 저 멀리 지평선 끄트머리에선 강렬한 불빛이 불규칙적으로 번쩍였다. 누군가 그것이 번개라고 했다. 지척에선 비가 내리고 있구나. 나는 자연의 경이로운 순환을 멍하니 지켜보았다. 사람들의 목소리에선 더 이상 아까와 같은 흥분이 묻어나지 않았다.

"지금 달 위에 서 있는 거 알아?"

남편이 몸을 움직일 때마다 작은 파문과 함께 초승달이 일렁였다. 우리는 각자의 일란성쌍둥이와 함께 나란히 사막을 거닐었다. 여기서부터 저기까지 적막 사이를. 아무런 말도 하지 않는 것이 오히려 더 많은 이야기를 나누는 듯한

기분이었다. 가만히 귀를 기울이면 별의 두런거림이 들리는 곳. 세상에 우리 두 사람만 존재하는 것 같은 착각이 실현되는 곳. 아무렇지 않게, 부끄러움 없이 날것의 감상을 늘어놓을 수 있는 곳. 오랜 시간 내가 동경해온 사막은 그런 장소이지 않았나. 그제야 나는 혼란의 정체를 조금은 알 것만 같았다.

혼자 속으로 좋아하는 영화가 있다. 아무에게도 말한 적 없는 그림이 있고 책이 있고 음악이 있다. 어디에도 알리고 싶지 않은 치기나 자기만족에 취한 허영은 아니었다. 그저 어떤 장면이나 스타일, 문장과 멜로디에 빠져 있음을 드러내는 것이 막연히 두려웠다. 반대로 혼자 속으로 실망한 영화와 그림과 책과 음악도 있다. 이 또한 누구와도 감상을 나눈 적은 없었다. 잘못된 것은 나라고 생각했으니까. 창작물의 가치와 숨은 의미를 포착하지 못한, 역량 부족의 감상자. 타인의 평가가 기준점이던 시절 나는 스스로 입을 가로막곤 했다. 그러다 몇몇 친구를 만났다. 스무 살을 갓 넘긴 무렵, 우리는 하루 한 번 상영하는 독립영화를 보러 다니거나 정식 출판되지 않은 어떤 글들에 관해 대화했다. 중간고사가 끝난 밤에는 촛불 아래 모여 타로카드로 서로의 이면을 헤아렸다. 그 친구들이 내가 찍은 첫 필름사진을 보며 감탄하고 가능성을 점쳐주던 날, 수업과제로 써 온 시를 읽고선 네게 이런 모습이 있는 줄 몰랐다는 고백을 해 오던 바로 그날, 나는 이전보다 아주 조금 어엿해졌다. 좋아하는 것을 망설임 없이 좋아할 수 있게 됐다. 거리낌 없이 당당하고 떳떳하게.

그날 밤 숙소로 돌아와 '우유니 소금사막 투어'를 검색했다. 못 본 사이 새로운 후기가 적지 않게 올라와 있었다. 스크롤 바를 내리며 블로그 후기를 하나씩 정독했다. 이곳을 영원히 추억하리라는 확신에 찬 목소리가 곳곳에서 들릴 뿐 위로가 될 만한 글은 눈에 띄지 않았다. 업데이트된 사진은 과연 '인생샷'이라 부를 만했다. 모두 한 치의 의심 없이 즐거워 보였다.

BBC와 《론리플래닛》에서 선정한 '죽기 전에 가봐야 할 여행지' 순위를 그리 신뢰하지 않는 편이다. 나 하나쯤 동의하지 않는다고 해서 심사단의 권위와 여행지의 명예가 훼

손되는 것은 아닐 테다. 상대 역시 하나의 의견으로서 존재할 뿐이다. 그렇다면, 용기를 내어 조금은 다른 이야기를 써 보기로 한다. 오늘의 실망을 기꺼이 자랑할 것이다.

한낮의 우유니 소금사막은 세상에서 가장 아름답고 지루한 곳이었다고.

간직하는
마음

투어는 열기를 피한 늦은 오후에야 시작됐다. 1.5리터 생수통을 텀블러처럼 옆구리에 낀 가이드와 함께 가파른 모래언덕과 기암괴석, 협곡과 동굴을 둘러볼 예정이었다. 승합차는 '달의 계곡'으로 매끄럽게 향했다. 퍽 낭만적인 그이름은 아타카마사막의 표면이 달의 울퉁불퉁한 크레이터와 닮아 붙여진 별명이다. 초록이 씻겨간 민둥산 안쪽으로 들어서자 그저 황무지로 보였던 사막의 다채로운 결이 모습을 드러냈다. 협곡 표면에는 지구 탄생과 함께 생성된 소금 결정이 고드름처럼 맺혀 있고, 갈라진 단면에선 지난 세월의 풍파가 여실히 느껴졌다. '연평균 강수량 15밀리미터'라는 극한의 환경을 새삼 실감하는 순간이다.

"잠시 눈을 감고 집중해볼까요."

달의 계곡이 형성된 역사를 장황히 설명하던 가이드가 졸린 표정의 참가자들을 향해 말했다. 영문도 모른 채 그 자리의 모두가 하나둘 눈을 감기 시작했다. 해가 서쪽으로 꽤 기울었음에도 따가운 자외선이 눈꺼풀 위로 우수수 떨어졌다. 마른 공기에 몸의 수분을 뺏긴 지는 이미 오래였다. 나는 예민하게 반응하는 몸의 감각을 느끼며 사막을, 적막을 버텼다. 10초가 이렇게나 하염없었던가. 참지 못하고 4초쯤에서 눈을 떴을 때 맞은편 남자와 눈이 마주치고 말았다. 마주쳤다기엔 은근한 실눈 상태였으니 그도 알아차리지 못했을 것이다. 나도 그를 모른 척 하기로 한다.

"눈을 감은 동안 어떤 소리를 들었나요?"

가이드가 물었다. 누구도 선뜻 답하지 못할 것이란 걸 예상한 물음이었다. 그는 준비한 멘트를 계속해서 이어갔다. 설명인즉, 협곡의 소금 결정이 온도차에 의해 수축 팽창하는 과정에서 쩍쩍 하고 몸을 비트는 소리가 난다는 것. 물론 '쩍쩍'은 나의 상상일 뿐 누군가는 '빡빡' 혹은 '푹푹'이라 말할지도 모르겠다. 문득 이곳을 오기 전 읽은 기사 하나가 떠

올랐다. 드물게 비가 내리면 지표면을 따라 흐른 빗물의 흔
적이 1년 가까이 남아 있다던. 아타카마사막은 무엇이든 간
직하는 땅이 된 듯했다. 극도로 건조한 기후 탓이겠지만 내
게는 그것이 자신의 과거를 기억하려는 노력처럼 보였다.

투어의 하이라이트는 일몰 감상이었다. 아니나 다를까
달의 계곡이 한눈에 들어오는 언덕 위는 이미 인산인해다.
시선을 어디 두느냐에 따라 세상은 달리 보였다. 달의 계곡
안에서 경험한 사막은 터프한 인상이었다. 무엇이든 흔적
없이 먹어 삼킬 듯한 곳. 섣불리 다가갈 수도 말을 건넬 수
도 없는 두려움의 대상. 반면 높고 먼 데서 바라본 사막은
한결 완곡했다. 신경질적으로 솟은 표정은 온데간데없이
사라지고 평온한 얼굴만 남아 있었다. 풍화와 침식을 거쳐
주름진 지면은 나이든 손등을 연상시켰다. 세월이 고스란
히 앉은 살결 위로 노을이 서서히 내리고 있었다.

생물이 살아갈 수 없는 불모지는 기이해서 아름다웠다.
어쩌다 조물주는 이런 실수를 한 것일까. 왼손에는 필름카
메라, 오른손에는 디지털카메라를 쥔 나는 가닿을 수 없는
경이를 사진으로 남겼다. 함께 있던 남편 역시 진작 자리를

잡고 액션캠을 설치하는 중이었다. 노을의 시작과 끝을 타임랩스로 촬영할 것이란다. 무언가에 홀린 듯이 우리는 몸을 바삐 움직였다. 그리고 문제는 언제나 사소한 빌미에서 시작된다. 그날따라 유독, 이유 없이.

평소와 달리 독사진에 욕심이 났다. 살짝 비튼 얼굴에 보드라운 음영이 드리운, 여행의 피로와 기쁨이 고루 묻어나는 영화 스틸컷 같은 사진을 갖고 싶었다. 그러려면 우선 한껏 포즈를 취한 사람들 틈바구니를 뚫고 명당 스팟을 쟁취해야 했다. 석양이 절정에 이르기 전에 적당한 장소를 물색하고 싶은 나는 애가 끓었다. 정작 남편은 세팅을 마친 액션캠을 지키고 싶은 눈치였다. 바닥에 무릎을 꿇고 앉은 그와 꼿꼿이 서 있는 나 사이에 미묘한 신경전이 벌어졌다. 누구도 먼저 입을 열지 않았다. 결국 먼저 포기한 사람은, 아니 선전포고를 터트린 사람은 나였다. 남편을 내버려둔 채 자리를 떠난 것이다.

하늘은 시시각각 움직였다. 그 찰나를 놓칠 새라 분주하게 카메라 셔터를 누르는 사람들 사이로 셀피를 찍는 할머니가 보였다. 넓적한 바위에 걸터앉아 카메라 렌즈를 향해

웃고 있는 그의 배경은 노을도 아타카마 사막도 아니었다. 삼삼오오 우르르 지나는 방해꾼들일랑 아무래도 상관없다는 듯이 아무 자리에서 사진을 찍고 있었다. 잠시 그 모습을 지켜보던 나는 이해할 수 없는 채로, 조금은 처량한 기분이 되어 처음 그곳으로 돌아갔다. 대꾸도 없이 뒤돌아선 게 내내 신경 쓰였다.

그 사이 남편도 깨달은 바가 있었는지 액션캠 전원이 꺼진 상태였다. 겸연쩍은 우리는 또 말이 없었다. 하고 싶은 말, 해서는 안 될 말이 입안에서 맴돌았다. 이번엔 남편이 먼저 운을 뗐다. 인파가 빠진 절벽을 발견한 그가 사진을 찍어주겠다고 나선 것이다. 사과의 제스처. 나는 "싫어" 하고 퉁하게 받아쳤다. 투덜대지 않으려 해도 몸이, 마음이 배배 꼬였다.

"그깟 사진이 뭐라고. 노을이나 보자."

우리는 가파른 절벽에 발을 떨어트리고 앉았다. 나는 석양을 묵묵히 바라보다가, 이내 섭섭한 속내를 털어놓았다가, "아냐 됐어" 하고 얼버무리길 반복했다. 그깟 동영상 때문에 내게 소홀한 남편의 태도가 서운했다. 하지만 곱씹을

수록 나 역시 만만찮게 행패였다. 그깟 사진 때문에 안절부
절 그를 닦달하고 말았으니. 그저 이 여행이 끝난 뒤 "노을
이 참 멋졌지" 하고 추억의 페이지를 함께 넘기고 싶은 것
뿐이었는데.

시간이 지날수록 나는 더욱 복잡한 심경이 됐다. 안정은
커녕 후회와 짜증, 속상함이 겁잡을 수 없이 뒤엉켰다. 눈앞
의 석양은 이미 안중에도 없었다. 결국 분을 이기지 못한 내
가 몸을 벌떡 일으켜 세웠다. 그리고 바로 그때.

"어…?! 안돼!!"

외마디 비명과 함께 무릎 위에 놓여 있던 필름카메라가
절벽 아래로 굴러 떨어졌다. 어찌나 요란하게 사라졌는지 주
변 모두가 동시에 탄식하며 절벽을 내려다보았다. 순간 필름
카메라를 잃은 절망보다 창피함이 앞섰다. 후회를 붙잡고 늘
어지느라 시간을 허비한 스스로가 참을 수 없이 부끄러웠다.

달의 계곡으로 사라진 필름카메라는 찾아볼 엄두조차 낼
수 없었다. 과욕의 대가임을 반성하며 어깨를 으쓱하는 수
밖에. 그나마 위로라면 우리의 추억이 새겨진 필름이 아타

카마사막 어딘가에 영원히 묻혀 있을 것이라는 낭만적인 사실이었다. 그리고 두 사람의 마음 어딘가에도 그날의 흔적이 남아 있을 거라는 것. 파도가 지나간 모래 위로 얇은 주름이 켜켜이 남아 있듯이.

"우리는 실수를 하지 않아요.
그저 즐거운 우연이 생기는 것뿐이죠."

#한강 #망원시장 #연희동 #소금길

3

빼기의 하루

나에게서 온
엽서

바닥이 차갑게 식은 텅 빈 집. 엽서는 나보다 먼저 혹은 뒤늦게 도착하곤 했다. 운 좋게도 아직 분실은 없었다. 고지서 사이에서 뒤늦게 발견되거나 계단에 버려진 채 비를 맞은 적은 있지만.

그렇게 받은 엽서의 귀퉁이는 매번 꼬깃꼬깃 닳아 있었다. 더러는 우체국 소인 위로 정체 모를 자국이 묻어 있기도 했다. 혈혈단신 낱장의 종이가 비행기, 기차, 트럭 화물칸에 차례로 실려 대한민국 어느 골목까지 수만 킬로미터를 이동하는 여정을 상상해본다. 인간의 여행 따윈 어쩐지 시시해진다.

북아일랜드 캠프힐의 내 방에선 인터넷이 곧잘 끊겼다.

텔레비전도 라디오도 책도 없어서 밤이면 세상과 단절된
느낌이었다. 그나마 한국에서 챙겨온 몰스킨 노트와 펜이
있어 뭐라도 끄적이며 시간을 죽였다. 따뜻한 레몬진저티
도 늘 함께였다. 맵싸한 생강향이 방안을 채우는 동안 나는
자주 울었던 것 같다. 아주 펑펑은 아니고 서러움 섞인 한숨
에 가까웠다. 적절한 영어 문장을 만들지 못해 쩔쩔 맨 아침
이 떠올라서, 충고를 뒤로한 채 여기까지 온 것을 후회할까
봐, 나흘째 내리는 비가 내일도 이어질 것 같아서. 모든 게
이유가 되어 나를 슬픔에 빠트리던 밤이면 엽서를 썼다. 수
첩에 적어둔 주소순으로 친구들에게 쓰다 보니 어느 날엔
가 자연스럽게 내 차례가 돌아 왔다.

　자신에게 말을 거는 행위는 생각보다 쑥스러웠다. 인사
부터 난처하다. 안녕하세요. 안녕? 잘 지내니? 어느 문장을
넣어본들 어색하고 민망했다. 처음에는 좋아하는 소설의
문장으로 한 면을 가득 채웠다. 주인공 남자가 오랫동안 떨
어져 지낸 연인에게 보낼 편지를 수첩에 다급히 적어 그 부
분만 찢어 보내려다 결국은 수첩째 보내고 마는 애틋한 장
면이었다. 두 번째 엽서에선 즉석 인화기로 뽑은 사진 한 장

을 동봉했고, 그 다음번에는 소망 비슷한 무엇을 짧게 써서 집으로 보냈다. 소중한 물건을 모아 땅속에 묻는 타임캡슐처럼, 소원을 적어 하늘로 띄워 날리는 풍등처럼. 수신인과 발신인이 같은 엽서에는 비밀스러운 구석이 있었다.

얼결에 시작된 '나에게 엽서 쓰기'는 어느덧 여행의 즐거운 일과 중 하나가 됐다. 엽서는 어디서나 쉽게 구할 수 있고 가격이 저렴하다. 길거리에서 파는 젊은 아티스트의 작품도 좋지만 가끔은 지역 명소를 담은 촌스러운 관광엽서를 부러 선택하기도 했다. 유명하다는 동상 앞에서 사진을 찍기 위해 긴 줄을 서고, 소리 내어 브이 자를 그릴 때와 비슷한 쾌감이랄까. 그때만큼은 잠시 새침한 척일랑 그만두었다. 우표는 대개 우체국에서 판매하지만, 기념품숍이나 신문을 파는 키오스크에서 구입한 적도 있었다. 가장 인상적인 판매처는 홍콩의 길거리에 설치된 우표 자판기였다. 돈을 넣고 국외용 버튼을 누르면 작은 틈 사이로 우표가 메롱 하고 혀를 내미는데, 그게 또 귀여워서 엽서보다 얼마나 더 많은 우표를 샀던지.

엽서를 쓰기 적당한 장소가 따로 있을까. 소란한 터미널

대합실이나 공원의 느티나무 둥치, 음악이 흐르지 않는 카페, 웨이터의 주의를 끌지 않는 야외테이블, 미술관의 상설전시실, 빳빳하게 다린 이불 안, 피로와 안도가 뒤섞인 공항 출국장이 먼저 떠오른다. 사실 5분여의 공백을 확보할 수 있는 곳이라면 어디라도 좋다. 가방에는 유성펜이 항시 대기 중이다.

엽서를 쓰는 횟수가 늘수록 메시지는 조금씩 간결해졌다. 내용보다는 엽서를 보내고 받는 과정 자체에 좀 더 의미를 두었기 때문이다. 무엇보다 더는 예전처럼 엽서의 목소리를 빌어 미래의 행복을 기원하지 않게 됐다. 대신 여행의 시점, '지금 이때'에 방점이 찍혔다. 가까운 과거에서 온 엽서는 내가 그곳에 있었음을 증명하는 또렷한 흔적이었다. 증표 같은 것이다. 나는 엽서에 오늘을 담았다.

무슨 영문인지 지난 남미여행에서는 엽서를 쓰지 못했다. 심지어 스무날이나 넘게 머물렀는데도. 아주 잊은 것은 아니었다. 오며 가며 골목에 늘어선 엽서 가판대를 종종 힐끗거렸다. 우유니마을에서는 숙소 근처의 우체국을 구글맵으로 찾아두기까지 했다. 내내 염두에 둔 기억은 이토록 선

명한데 정작 엽서를 쓴 기억이 없는 건 어째서일까. 일정에
쫓기며 도시를 이동하느라, 이런저런 투어를 따라다니느라
도통 여유가 없었나. 겨우 5분의 틈을 내기가 그렇게 어려
웠던가. 긴 여정을 마치고 집으로 돌아와서야 나는 뒤늦게
의아해한다.

　어김없이 다시 돌아온 일상. 여느 날과 다름없이 해야 될
일을 하고, 할 수 없을 것만 같은 일을 어떻게든 되게 만들
고, 그렇게 얻은 성취의 기쁨은 잠시일 뿐 나는 금세 피로해
졌다. 여행의 여운은 유효기간이 얼마나 될까. 이런 식이라
면 24시간도 채 되지 않을 것 같다.

　누구에게든 좀처럼 말을 걸 기회가, 그럴 만한 핑계가, 그
럼에도 불구하고 귀 기울일 마음 쓸쓸이가 아쉬운 요즘. 늦
었지만 이제라도 의자에 앉아본다. 잉크가 번지지 않는 펜
으로 엽서 귀퉁이에 날짜와 요일을 쓰고, 첫인사를 어떻게
시작하면 좋을지 곰곰 생각한다. 사실 3월은 별다른 이유
없이 안부를 묻기 좋은 계절이기도 하다.

서울의 탓이
아니라는 걸

칠레 산티아고에서의 어느 밤, 처음으로 꿈을 꿨다. 평소
와 달리 나는 여행 중에 꿈을 잘 꾸지 않는다. 불면증도 감
쪽같이 사라진다. 그건 아마도 하루치 에너지를 책상이 아
닌 거리 위에 쏟아 붓기 때문일 테다. 몸을 움직이는 동안에
는 생각이 멀리 나아가지 않아서 좋다. 불투명한 미래의 걱
정 대신 이국의 거리를 걸으며 내가 기껏 빠져 있는 고민이
란, 빌 브라이슨의 말처럼 "오랫동안 흐뭇하게 기억할 유쾌
하고 내 집 같은 음식점이 과연 길 이쪽에 있을지 저쪽에 있
을지 망설이는" 정도다.

하지만 그날 밤은 예외였다. 꿈속에서 나는 정신과 상담
을 받고, 얼마 전 출간한 책 홍보를 하고, 망원동의 요가원

에서 수련을 하고, 아주 높은 곳에서 다이빙을 하는 야단스러운 하루를 보냈다. 아, 서울은 그런 곳이었지.

잠에서 깨자마자 서둘러 깨달았다. 이제 집으로 돌아갈 날이 이틀 남았다.

언젠가 유명 여행작가의 강연에서 이런 질문을 한 적이 있다.

"여행에서 잘 돌아오기 위한 방법이 있으신가요?"

한 번의 여행이 끝날 때마다 나는 혹독한 후유증을 앓는다. 현실에 착륙하지 못한 채 저공비행하듯 주변을 맴맴 돈다. 언제든 그날을 회상할 수 있게끔 매일 쓰는 노트북과 스마트폰의 배경화면을 가장 최근의 여행 사진으로 바꾸고, 정신없이 일을 하다가도 발작처럼 사진첩을 열어 거대한 야자수 아래 선 자신을 들여다본다. 나는 자주 과거의 나를 부러워했다. 좋지 않은 습관이다. 하지만 고치고 싶지 않은 습관이기도 하다.

'플라이윙즈' 앱의 최저가 항공권 소식이 뜨면 불가능하다는 걸 알면서도 덧없이 검색창에 날짜를 넣어본다. 가끔은 이런 부질없는 행동이 생활에 작은 보탬이 될 때도 있다. 돈 벌어서 얼른 여행 가야지. 아침마다 잠결에 떠올리는 단순명료한 바람은 무기력한 출근길에 힘을 실어주었다. 저곳으로 떠나고 싶은 욕구가 때로는 지금 이곳에서 잘 살아보려는 의지로 연결된다. 하지만 생각은 대체로 부정적인 방향으로 흐르고 마는지라 현실을 비난하고 절망하다 이윽고 이민, 유학을 진지하게 고민하는 지경에 이르는 경우도 심심찮았다. 그래서 궁금했다. 수십 년간 떠남과 정착을 반복한 연륜 있는 여행작가라면 자신만의 비법을 터득하지 않았을까. 부드럽게 활주로에 착륙하는 요령이란 게 있다면 배우고 싶었다.

내 질문을 듣자마자 마른 웃음을 터트리는 그의 대답은 명쾌했다.

"그런 게 있다면 저도 제발 알려주세요!"

한동안 서울의 높은 곳을 자주 찾아다녔다. 그중 남산의 허리에 자리한 이태원 해방촌이나 대학로 뒤편으로 한참 걸어 올라야 도착하는 낙산공원이 특히 좋았다. 두 동네 모두

서울에서 손에 꼽힐 만큼 번화한 지역에 위치하지만 주변의 소란에는 무관심하다는 듯 태연한 분위기가 흐른다. 높은 언덕에서 바라본 서울은 언제나 복잡미묘한 감정을 불러일으켰다. 도로를 밝히는 가로등과 교통체증이 만들어낸 자동차 불빛이 지긋지긋하면서도, 결코 무시할 수 없는 위로가 바로 거기 있었다. 작고 반짝이는 것들이 늘 그렇듯이.

젊음으로, 근성으로, 취기로, 한숨으로. 아니면 그저 내키는 대로 그렇게 저마다 한껏 에너지를 쏟아내며 살아가는 서울 사람들 틈에서 나는 어디쯤 위치해 있을까. 문득 그런 생각이 들 때면 어김없이 떠오르는 장면이 있다. 난생 처음 혼자 서울에 도착한 날이다.

대구에서 고속버스를 타고 네 시간쯤 달렸을 것이다. 멀미를 더는 참기 어려울 즈음 넓고 긴 강이, 그러니까 텔레비전 드라마로나 보았던 한강이 모습을 드러냈다. 이내 버스는 그 넓고 긴 강을 가로지르며 막힘없이 달리기 시작했다. 버스의 속도에 맞춰 가슴도 쿵쿵쿵 쾅쾅쾅 뛰어댔다. 알 수 없는 미래가, 하지만 멋지고 근사하리라 믿어 의심치 않는 미래가 곧 펼쳐질 것이라는 예감이 나를 사로잡았다.

10년이 지난 지금도 그날의 벅찬 마음은 여전하다. 자전거 페달을 밟으며 성산대교를 달릴 때, 우연히 올라탄 지상철이 한강 위를 가로지를 때, 한강철교를 통과하는 KTX 열차에서 63빌딩을 마주치는 순간마다 나는 가슴이 울렁거린다. 대단한 성공이라도 해낸 사람처럼 스스로가 기특하고 자랑스러워서. 실은 그동안 무엇도 이뤄내지 못했음에도. 성공이라 부를 만한 것은 없지만 그래도 누구에게 폐 끼치지 않고 살아가고 있다. 살아내고 있다.

하지만 미세먼지 가득한 정류장에서 장바구니를 손에 쥔 채 버스를 기다리다 보면 종종 이런 생각이 든다. 만약 서울이 아닌 곳에서 산다면 지금의 어지러운 일상도 제자리를 찾게 되지 않을까. 나는 이 질문을 수년째 되풀이하고 있다. 해답을 찾지 못한 동안에는 모든 게 서울의 탓이었다. 일이 잘 풀리지 않는 것도, 돈벌이가 시원찮은 것도, 잔병치레를 자주 하는 것도, 오래된 친구와 별안간 어색해진 것도. 그럼에도 나는 여전히 서울에 산다. 미워하는 만큼 이 도시를 사랑한다. 10년 사이에 우정이라도 쌓인 것일까.

마지막 직장은 월간지를 만드는 소규모 잡지사였다. 이

곳에서 나는 에디터로 일하며 매달 마감에 시달렸다. 한 달 중 사나흘은 오피스텔형 사무실에 갇혀 함께 '먹고 잔다'는 뜻이다. 취재원을 만나 이야기를 나누고 그것을 글로 풀어내는 작업은 고되지만 분명 즐거웠다. 어떤 대화는 방금 전까지 허리를 쥐어짜던 생리통마저 잊게 만들었다. 으스대지 않으면서 자신의 성취를 성실히 설명하는 사람, 무언가를 좋아하는 마음을 애써 숨기지 않는 사람, 질문에 답하기 전에 0.5초간의 공백이 있는 사람. 이들과의 대화가 끝나면 나는 마치 멀고 긴 여행을 다녀온 것만 같았다.

문제는 늘 마감을 앞둔 마지막 일주일이다. 커피와 레드불을 위장에 들이붓고도 정신이 들지 않으면 의자를 치운 뒤 책상 아래에 상체만 집어넣고 선잠을 잤다. 그러다 스멀스멀 올라오는 바닥의 냉기에 놀라 깨면 다시 자리로 돌아가 의식 없이 자판을 두드렸다. 그런 원고는 날이 밝으면 죄다 다시 써야 한다.

하루는 동료 에디터 중 한 명이 별안간 자리에서 벌떡 일어나 욕을 퍼부어댔다. 시계는 새벽 3시를 가리키고 있었다.

"젠장, 나가자!"

폭풍전야처럼 순간 정적이 흘렀다. 곧이어 누군가 "어디?" 하고 되묻자 "1층?" 하고 또 다른 목소리가 확신 없는 투로 대답했다. 1층에는 우리의 식량 보급처인 24시간 편의점이 있었다. 그럼 그렇지, 이 새벽에 달리 어딜 간단 말인가. 시무룩해진 그때 누군가의 입에서 '한강'이라는 단어가 불쑥 튀어나왔다. 보이지 않았지만 그 순간 각자의 머리 위로 느낌표가 반짝였을 것이다. 우리는 망설임 없이 난지한 강공원으로 드라이브를 나섰다. 경차에 올라타기 좋게 마침 인원도 딱 네 명이다.

인적없는 겨울 새벽, 한강은 춥고 쌀쌀맞았다. 얄밉고 사나운 쌀쌀맞음이 아니라 추우니 어서 들어가라는 통한 표정의 염려에 가까웠다. 우리는 간식으로 사다 놓은 천하장사 소시지를 까먹으며 차가운 바깥 공기를 쐤다. 사무실에서 겨우 10분쯤 달아났을 뿐인데 가슴이 뻥 뚫리고 자꾸 웃음이 났다. 최선을 다해 살아도 겨우 최악만 면하는 나날이 가소로워서, 그럼에도 어떻게든 잘해보려 고군분투하는 모습이 안쓰러워 웃을 수밖에 없었다. 자조도 절망도 아닌 웃음은 아무런 소리도 나지 않았다. 그날 평소보다 말이 없었던 건 우리가 조금 피곤했기 때문일 것이다.

이곳이 아닌 저곳이 그리울 때마다, 인생의 불운을 괜히 서울의 탓으로 돌리고 싶을 때마다, 그래서 어디론가 도망치고 싶을 때마다 나는 한강을 생각한다. 처음 서울에 도착했던 스물세 살의 겨울을, 햇빛에 반사되어 반짝이던 한강의 물결을. 서울 어딘가에 기댈 수 있는 든직한 무엇이 있다는 사실은 얼마간 위안이 됐다. 물론 한강은 해답을 알려주지 않는다. 그리고 매일 밤 찾아오는 불면증이 서울의 탓이 아니란 걸, 사실 나는 잘 알고 있다.

그날 새벽 한강에는 우리뿐이었을까. 어쩌면 서울의 모든 걱정과 한숨은 밤새 이곳으로 흘러들어 올는지도 모르겠다. 한강이 넓고 깊은 것은 다행인 일이다. 정말로.

뜸을
들이는 동안

글이 턱 막힐 때, 아무런 문장이 떠오르지 않을 때, 이런
저런 핑계 없이 막연히 손을 놓고 싶을 때 나는 자리에서
일어난다. 누군가는 마지막 문장을 끝맺을 때까지 끈질기
게 버틴다고 하지만 내겐 먹히지 않는 방법이다. 차라리 엉
뚱한 일, 글 쓰는 행위와는 아무런 관련이 없는 상황으로 나
를 데려가는 편이 낫다는 걸 이제는 안다. 무해한 잔꾀. 한
살씩 나이를 먹으며 느끼는 것은 요령이고, 이런 사소한 요령
들 덕분에 넘어져도 예전만큼 타격을 입지 않는다. 고꾸라
지지 않는 편이 가장 좋겠지만 그런 요령은 아직 배우지 못
했다.

자판을 두드리는 대신 무얼 하는가 하면, 청소다. 가장 가

깝게는 의자 밑에 떨어진 머리카락부터 손바닥으로 쓸어 모은다. 우와앙 청소기를 돌려도 되지만 가끔은 적막을 깨고 싶지 않은 순간이 있다. 그런 날에는 걸레로 책상과 식탁 위, 가구와 벽의 틈새를 쓱 훔치거나 노트북 자판 사이에 낀 거뭇한 때를 집요하게 닦는다. 하지만 아주 열심히 해선 안 된다. 말하자면 이건 따뜻한 카모마일티를 마시는 기분으로 이루어져야 한다.

나는 살림 꾸리는 일을 좋아한다. 인터넷과 SNS에 떠도는 소소한 살림 팁에도 관심이 많다. 가령, 베이킹소다와 구연산의 적절한 활용이라든가 채소를 신선하게 보관하는 방법은 기억해두었다가 쏠쏠히 써먹는다. 이런 요령은 살림에도 도움이 되지만 내게도 힘이 된다. 즉각적인 만족감을 주기 때문이다. 반면 글 쓰는 행위는 늘 자괴감이 앞선다. 적어도 나는 그렇다. 한 편의 글이 완성된 뒤에도 퇴고라는 끔찍한 과정을 거쳐야 진짜 끝이 나기에 좀처럼 안심할 수가 없다. 그리고 무엇보다 살림을 할 때 나의 쓸모를 경험한다. 온종일 제대로 된 문장 한 줄도 쓰지 못한 날에는 깨끗이 닦인 화장실 바닥 타일의 줄눈을 보며 보람을 느낀다. 그리고 여기서 얻은 일말의 긍정으로 나는 다시 책상 앞에 앉는다.

요리도 차분히 글을 쓰는 데 도움이 된다. 이왕이면 뜨겁게 달군 팬에 후다닥 익혀야 하는 볶음요리보다는 재료가 풀어질 때까지 뭉근히 끓이는 스튜 계열이 적당하다. 혹은 얇게 썬 양파가 캐러멜라이징될 때까지 느긋하게 볶는 카레도 좋고, 얕은 불에 조심조심 끓여야 하는 솥밥도 괜찮다. 이때 핵심은 뜸 들이는 시간이다. 음식을 찌거나 삶아 익힐 때에, 흠씬 열을 가한 뒤 한동안 뚜껑을 열지 않고 그대로 두어 속속들이 잘 익도록 하는 일. 명사 '뜸'은 이런 뜻을 지니고 있다.

말문이 막히고 글에 진전이 없을 때 그 이유는 분명하다. 섬광처럼 찾아온 문장 하나를 버리기 싫어 애써 붙잡고 있거나, 모르는 말을 아는 것처럼 꾸밀 때가 그렇다. 설익은 생각이 아직 세상에 나올 준비가 되지 않은 것이다. 그럴 땐 무쇠로 만든 묵직한 냄비를 준비한다. 딱딱한 쌀알이 열기에 속속들이 잘 익는 동안 나는 냄비 근처에서 가벼운 독서를 한다.

더러는 벽에 기대 앉아 보글보글 끓는 소리에 귀를 기울이기도 한다. 그러다 보면 머릿속을 어지럽게 뛰어다니던 생각들 중 어떤 것은 바닥으로 가라앉고, 어떤 것은 수면 위로 봉긋 떠오른다. '아까 그 문장은 너무 허세가 심했어', '다시 생각해보니 주제를 바꾸는 편이 낫겠어'. 자정작용을 거친 생각은 이전보다 조금은 들어줄 만한 것이 된다. 그러고 보니 반드시 글쓰기에 한정지을 필요가 있나 싶다. 사소한 오해로 친구의 메시지에 아직 답을 하지 못한 때에도 도움이 된다. 뜸을 들이는 동안 나눴던 대화를 이리저리 굴리다 보면 그때는 미처 몰랐던 진심 비슷한 무엇이 드러난다. 포실한 밥 냄새가 부엌을 가득 메울 즈음이다.

5년 전 회사를 관두고 북아일랜드의 시골에서 한 해를 살았다. 내가 지낸 곳은 발달장애인과 비장애인이 함께 어울려 사는 캠프힐 공동체. 지금도 나는 오후 대여섯 시면 버스가 끊기고, 주위를 둘러보면 푸른 초원과 양 떼가 전부였던 그곳으로 다시 돌아가는 꿈을 꾼다.

캠프힐에서 내가 처음으로 받은 부탁은 화병에 꽃을 꽂

을 꺾어와 달라는 것이었다. 하지만 나는 그 간결한 부탁을
선뜻 이해하지 못했다. 느닷없이 꽃을 구해 오라니. 그러면
서 손에 쥐어준 것이 돈이 아니라 화훼용 가위와 라탄 바구
니라니. 혼란스러웠다. 도시에서는 꽃을 꺾지 않는다. 꽃은
거리에서 얻는 게 아니라 구매하는 것이며, 여기에는 촌스
러운 포장지와 리본값도 포함되어 있다. 이것이 나의 상식
이었다. 더구나 여태껏 어버이날을 위한 카네이션 말고는
타인을 위해 꽃을 사본 경험이 없었다. 하물며 스스로를 위
해서라면 더더욱. 반대의 기억 역시 드물었다. 그나마 가장
최근에 받은 꽃 선물은 대학교 졸업식에서였다. 문득 그동
안 자라면서 봐온 숱한 드라마와 영화 속 인물의 대사가 떠
올랐다.

"쓸데없이 뭐 이런 걸 사 와."

멀리 찾아 나서지 않아도 들꽃은 마을 여기저기 흔하게
피어 있었다. 그중 이름을 아는 꽃은 라벤더가 유일했다. 당
연하게도 땅에서 자라는 보라색 꽃망울에선 방향제의 메스
껍고 불편한 냄새가 나지 않았다.

나는 무작정 꽃대를 꺾는 대신 눈으로 형태를 두리번거

리고, 잎을 쓰다듬고, 향을 맡았다. 섬세한 식물학자처럼 꽃
의 이모저모를 살폈다. 이 꽃과 저 꽃의 조화를 상상했다.
아주 진지한 자세로. 그러는 사이 자연히 보폭은 좁아지고
걸음은 느려졌다. 누가 가르쳐주지 않아도 저절로 신중한
사람이 됐다. 한 움큼 모아온 꽃을 식탁 위에 펼쳐놓고 다듬
는 동안에도 마찬가지였다. 마른 잎을 하나씩 떼어내고, 꽃
대의 길이를 이리저리 맞춰보는 소박한 움직임에 나는 푹
빠져들었다. 조용한 부엌 한가운데서 내가 할 일이란 그저
손에 닿는 아름다움을 만끽하는 것뿐이었다. 그제야 언젠
가 읽었던 《우리가 보낸 순간》이라는 책의 첫 장에 쓰인 문
장, "시를 읽는 즐거움은 오로지 무용하다는 것에서 비롯한
다. 하루 중 얼마간을 그런 시간으로 할애하면 내 인생은 약
간 고귀해진다"는 그 말을 온전히 이해할 수 있게 됐다.

그 뒤로 산책길에 들꽃 한두 송이를 꺾어다 내 방 창가에
놓아두는 사소한 습관을 들였다. 쓰지 않는 유리컵이나 공
병이 화병을 대신했다. 방문을 열고 들어설 때, 이른 아침
기지개를 켤 때 무심코 마주친 들꽃은 매번 나를 무장해제
시켰다. 아무런 기대도 목적도 없는 나긋한 환대였다. 어쩌

면 정말로, 습관은 삶을 바꾸는지도 모른다. 적어도 오늘 하루를 어제보다 근사하게 만드는 힘이 있으니까.

캠프힐에서 돌아온 뒤 사람들은 물었다. 그 시간 동안 무엇을 얻었냐는 반복된 질문 앞에서 나는 자주 곤혹스러웠다. 장애인 공동체에서 보낸 1년이 얼마나 의미 있었는지, 그 경험이 경력단절을 보상할 만한 값어치를 지녔는지 증명해 보여야 할 것 같은 의무를 느꼈다. 이를테면 더 높은 토익 점수와 회화 실력, 눈물이 핑 도는 에피소드, 페이스북에 추가된 외국인 친구들의 숫자, 국내 장애인 정책에 관한 의견, 세계시민으로서의 넓은 시야.

나는 그중 무엇도 갖추지 못한 채 한국으로 돌아왔다. 이력서에 쓸 만한 특이사항 같은 건 없었다. 다만 그 반대의 것. 수치로 치환되지 않는 것, 드러내 보일 순 없지만 내겐 귀한 것, 누군가를 위해 드러내고 인정받을 필요가 없는 것. 그런 것에 관해서라면 얼마간 할 말이 생겼다.

망원동에 살 적엔 재래시장을 자주 이용했다. 장을 보려는 목적도 있었지만 대개는 책상 앞이 지겨워서였다. 그럴 땐 만 원짜리 한 장을 쥐고 집에서 시장까지 1킬로미터 남짓 거리를 한 바퀴 산책했다. 마냥 걷기만 하는 것이 아니라 그 길에 파 한 단, 귤 한 봉지, 뜨끈한 판두부 한 모, 애호박과 느타리버섯 따위를 장바구니에 주섬주섬 담았다. 그러고도 돈이 남으면(망원시장의 물가라면 충분히 가능하다.) 가장 좋아하는 동네 카페에 들러 아이스라테를 테이크아웃했다. 설탕 솔솔 뿌린 핫도그를 먹은 날도 있었다.

차라리 장보기에 가까운 이 시간을 나는 굳이 산책이라 부른다. 과일 가게 앞에 멈춰 설까 말까 고민하는 사이, 사람들과 어깨를 부딪치며 상하지 않은 귤을 골라내는 동안 내가 "찾을 생각도 하지 않고 있는 것"들이 데굴데굴 굴러오는 까닭이다. 아무리 애써도 결코 떠오르지 않던 실마리를 언제나 나는 책상이 아닌 시장 한복판에서 발견하곤 했다.

산책할 수 있다는 것은 산책할 여가를 가진다는 뜻이 아니다. 그것은 어떤 공백을 창조해낼 수 있다는 것이다. 산책할 수 있다는 것은 우리를 사로잡고 있는 일상사 가운데 어떤 빈틈을, 나로선 도저히 이름 붙일 수 없는 우리의 순수한 사랑 같

은 것에 도달할 수 있게 해줄 그 빈틈을 마련할 수 있다는 것

을 말한다. 결국 산책이란 우리가 찾을 생각도 하지 않고 있

는 것을 우리로 하여금 발견하게 해주는 수단이 아닐까?

《일상적인 삶》, 장 그르니에, 민음사

　　얼마 전 이사 온 동네엔 재래시장이 없다. 단골 삼을 만한

과일가게와 카페도 찾아보기 어렵다. 그나마 도보로 10분

쯤 떨어진 곳에 있는 편의점이 유일한 위안이다. 이곳을 가

기 위해서는 조용한 아파트 단지를 빠져나와 8차선 도로를

가로지르는 횡단보도를 두 차례 건넌 뒤 개천 사이의 짧은

다리를 지나야 한다. 나는 이 글의 아이디어를 편의점 가는

길에 불현듯 떠올렸다. 37도를 웃도는 폭염 속 산책에서 얻

은 소득이다.

짚고 넘어가는
자세

짚고 넘어가야 직성이 풀리는 성미의 사람이 있다. 특히 계절과 음식에 관해서라면 더더욱. 봄에는 도다리쑥국을 먹기 위해 통영으로 한 달음 떠나고 여름마다 콩국수와 냉면 사이에서 깊은 고민에 빠지는 사람들은 가을과 겨울도 허투루 넘기지 않는다. 달력에 작은 글씨로 쓰인 절기도 잊지 않고 챙긴다. 대보름에는 오곡밥을, 동지에는 새알이 콕콕 박힌 팥죽을. 특별히 미식가도 아닌데다 게으르기까지 한 나로서는 절대 따라 못할 싹싹함이다.

한편으론 제철 별미를 좇는 부지런함이 '오늘을 즐기는' 태도의 본보기라는 생각도 든다. 가장 무르익은 시기를 누리는 것. 사계절의 경계가 무뎌진 요즘일수록 똑 부러지게 계절을 짚고 넘어가는 자세가 필요할지도 모른다.

　작년 봄에는 안산의 벚꽃을 놓쳤다. 특별히 바빴던 것도
아닌데 차일피일 미루다보니 봄비가 내리고, 미세먼지가
하늘을 뒤덮었다. 이럴 땐 꼭 날씨 핑계다. 실은 마음이 어
수선했다. 지난 1월 두 권의 책이 연달아 출간되자마자 대
구에서 결혼식을 치렀다. 3주 동안 남미를 여행한 뒤 집으
로 돌아오니 어느덧 3월. 봄이 문턱까지 다가와 있었다. 부
랴부랴 해야 할 일들을 매듭지으러 나섰다. 대구까지 찾아
와준 손님들에게 감사의 인사를 전하고 뒤늦게나마 책 홍
보에 뛰어들었다. 벚꽃을 보러 가는 연례행사는 자연히 뒤
로 미뤄졌다. 인생의 우선순위를 잘 세우는 게 사는 일의 기
본이라던데. 아직은 무엇이 우선인지 아리송하기만 하다.

　아차차, 한 가지 일러둘 사실이 있다. '안산'은 경기도 안
산시가 아닌 서울 서대문구에 있는 해발 300미터의 낮은
산 이름이다. 이곳을 알게 된 건 책방에서 만난 그림작가를
통해서였다. 아마도 봄이 가까운 무렵이었을 것이다. 대화
끝에 그녀는 안산을 꼭 가보라며 적극 추천했다. 이곳을 안

뒤로 여의도 근처는 얼씬도 하지 않는단다. 사진을 찾아보
니 가지를 푹 늘어트린 수양벚나무와 왕벚나무, 산벚나무
등 분홍 잎사귀가 야트막한 산자락을 따라 안개처럼 자욱
했다. 도로를 따라 형성된 벚꽃 터널도 근사하지만 자연 그
대로 자란 풍경에 더 마음이 끌렸다. 다가오는 봄에 꼭 가보
겠다고, 약속했다. 그러니까 이건 나와의 약속이다. 유부초
밥 도시락과 돗자리를 챙겨 남편과 다녀오겠다는. 하지만
호기와 달리 그해 우리는 안산의 벚꽃을 보지 못했다. 지금
은 기억나지 않는 어떤 사정이 있었을 것이라 짐작할 뿐이
다. 나와의 허술한 약속은 매번 이런 식이다. 깨지거나 잊히
거나, 아니면 말거나.

　시간이 지나 다시 안산을 떠올린 건 독일인 친구와 대화
하면서였다. 주디스와 알리나는 북아일랜드 캠프힐에서 만
난 사이다. 쉬는 날이면 오후 늦게까지 침대에 누워 있는 나
와 달리 둘은 여기저기 잘도 돌아다녔다. 트래킹과 야영, 자
전거 타기를 좋아하는 두 사람은 한국에 놀러 와서도 등산
을 다녔다. 심지어 나도 올라보지 못한 태백산과 지리산까
지. 그중에는 안산도 포함되어 있었다. 마침 머물던 숙소가

안산 인근의 동네였던 것이다. 찍어 온 사진을 내게 보여주
며 주디스는 한국 산의 아름다움을 끊임없이 칭찬했다. 아
직 초봄인지라 사진 어디에도 벚꽃은 보이지 않았다. 마르
고 앙상한 나뭇가지투성이인 겨울 산이 뭐 그리 아름답다
는 것인지. 속으로 시큰둥했지만 티를 내진 않았다. 여행자
의 시선은 언제나 너그러운 법이니까.

주디스와 알리나가 한국을 떠나자마자 안산에 벚꽃이 폈
다. 이번에는 잊지 않고 남편과 다녀왔다. 자극을 받았달까.
독일인 친구가 다녀간 뒤 느낀 바가 많았다. '지척에 있다는
이유로 소홀히 넘긴 풍경이 비단 안산뿐일까' 싶었던 것이
다. 서대문구청에서 안산 진입로로 이어지는 길은 경사가
심해 자주 쉬어가야 했다. 그때마다 입이 쩍 벌어진 목련을
구경하며 숨을 고른 뒤 다시 힘을 내 언덕을 올랐다. 여의도
만큼은 아니지만 안산 역시 인파로 꽤 북적였다. 다들 얼마
나 서둘렀는지 이미 자리를 잡고 앉아 통닭이며 김밥, 피자
를 한창 먹고 있었다. 벚꽃도 벚꽃이지만 둘레길을 따라 난
메타세쿼이아숲이 무척 멋졌다. 북유럽 어느 산속에 온 듯
하늘을 향해 쭉 뻗은 나무들이 빼곡히 심어져 있는데, 마치

잘 깎아 놓은 연필 묶음처럼 보였다. 바람이 불면 어디선가 사각사각 소리가 들릴 것만 같다.

　내려오는 길엔 버스를 타지 않고 연희동까지 곧장 걸었다. 성산동이나 망원동에서 연희동을 간 적은 자주 있지만 그 반대 방향은 이번이 처음이었다. 나와 남편은 연희동을 좋아한다. 연희동의 단정하고 깨끗한 골목을, 어느 집 정원의 커다란 목련 나무를, 주택가 사이로 스며든 카페와 소규모 식당과 그릇 상점을, 특히 '사러가 마트'를 좋아한다. 우리 동네에선 찾아볼 수 없는 새로운 식재료를 구경하는 재미가 쏠쏠하기 때문이다. 각종 식용 꽃잎과 바질, 로즈마리, 타임 등을 소분해서 파는 곳은 내 주변에서 사러가 마트가 유일하다. 이날은 세일 중인 스테이크 고기와 낫토를 구입한 뒤 같은 건물에 있는 '피터팬'에 들러 식빵을 샀다. 그 길로 중식당에서 자장면과 탕수육을 먹고 나오니 밖은 이미 어둑한 저녁. 안산에서 연희동으로 이어지는 봄날의 코스는 이렇게 매년 조금씩 완성되어 갈 테다.

　언젠가 트위터 타임라인에서 5월의 작약에 관한 글을 보

았다. 당장 급한 일을 해결하느라 꽃 구입을 잠시 미뤄두었
는데, 정작 시간이 생겼을 땐 5월도 작약도 이미 떠나고 없
었다는 이야기.

내게도 그런 경험이 숱하게 있다. 미적미적 망설이다 후
회만 남은 순간들. 망원동에 있는 한 책방의 폐업 소식을 들
었을 때 나는 아차 싶었다. 매일같이 그 앞을 지나다니면서
도 책 한 권 사지 못한 게 떠올라서다. 마지막 영업일을 남
기고서야 오픈 시간에 맞춰 책방을 방문했다. 마침 근처에
새로 생긴 꽃집이 있길래 책방 주인에게 건넬 꽃 한 다발도
준비했다. 축하, 기념, 애도. 어느 자리에서든 꽃은 자그마한
위안이 된다. 돌이켜보면 나 역시 일단멈춤을 찾은 손님들
로부터 가끔 꽃 선물을 받곤 했다. 이른 봄에는 튤립이나 히
아신스 같은 구근식물, 여름에는 테이블야자, 고사리과 식
물이 주를 이뤘다. 겨울에는 손바닥만 한 크기의 선인장 개
수가 부쩍 늘었고, 그때 어렴풋이 깨달았다. 계절의 변화는
공기와 바람만이 아니라 누군가의 선의를 통해서도 전해질
수 있다는 것을.

하루는 약속 장소로 가는 길에 양재꽃시장에 들러 작약

을 샀다. 6월 첫 주라 '작약 철이 끝났으면 어쩌나' 싶었는데 다행히 아직이었다. 봉오리를 꾹 다문 것, 만개한 것 사이에서 망설이다가 아직 피지 않은 작약을 골라 들었다. 친구의 거실에 봄기운이 조금이나마 오래 머물길 바라는 마음으로. 두 아이를 키우느라 외출이 쉽지 않은 친구에게 나는, 누군가 내게 그러했던 것처럼 계절을 선물하고 싶었다.

그날 신문지로 돌돌 싼 꽃다발을 안고서 강남 한복판을 걸으며 우쭐한 기분이 든 건 어째서였을까. 아마도 깜짝 선물에 방긋 웃어 보일 친구의 얼굴을 상상하느라 나는 퍽 설렜던 게 아닐까.

행복의
냄새

휴대전화의 메모장 앱을 정리하다 아이슬란드에서 쓴 짧은 일기를 발견했다. 미안하게도 그날의 기억은 은행 계좌번호와 도서리스트, 온라인쇼핑몰 링크를 모아둔 메모 사이에서 장장 2년간 방치된 채였다. 뭘까. 갸우뚱한 것도 잠시. 스카프타펠국립공원에서 본 오로라에 관한 기억일 것이라고 나는 지레짐작했다. 새카만 밤하늘을 수놓은 은하수와 그 사이를 유영하는 영롱한 초록빛. 눈꺼풀을 꿈뻑, 하는 사이 총총 사라지던 별똥별을 보았던 밤.

정작 메모는 예상 밖의 내용이었다. '9월 21일 호르그스드 코티지에서'라는 마지막 줄의 단서가 아니었다면 까마득히 잊고 지냈을 어느 평범한 밤이 우두커니 놓여 있다. 아주 오래 전부터 나를 기다리고 있었다는 듯 그 자리에서.

고요한 숙소 안. 맞은편 코티지에서 퍼져 나오는 조명이 유
일한 빛이다. 바람이 둥글게 몸을 마는 소리, 드문드문 떨어
지는 빗방울 소리, 하늘을 가르는 비행기 소리. 피곤이 묻은
코골이 소리. 구름이 잔뜩 몰려왔는지 아까만 해도 보이던
별들이 사라졌다. 창가에 둔 긴 소파에 누워 하늘을 바라보
는 기분이 꽤 좋았는데. 마주보고 누운 너의 발바닥을 쓰다
듬으며.

엉성한 문장으로부터 기억은 선명하게 되살아났다. 사람
은 둘뿐인데 침대만 여섯 개였던 호사스러운 통나무집, 라
면 끓이듯 후루룩 요리한 토마토소스 스파게티, 장시간 운
전으로 누적된 허기와 피로. 손빨래한 양말을 라디에이터
에 널고 온 사이 남편은 드르렁드르렁 코를 골며 졸고 있었다.
나는 그의 반대편에 자리를 잡고 누워 구글 날씨를 확인했
다. 요란한 바람 소리를 들으며, '내일 비가 오면 안 될 텐데'
같은 심상한 걱정 속에서 남편의 유난히 둥근 발꿈치를 살

금살금 문질렀다. 아무리 돌이켜보아도 이것이 그날 밤 일
의 전부. 어째서였을까. 별다를 것 없는 시시콜콜한 순간을
구태여 메모로 남겼던 것은.

　이윽고 무심코 톡 건드린 기억의 도미노는 아이슬란드를
지나 어느덧 영국 런던까지 시공간을 가뿐히 무너뜨렸다.
신비로운 기억의 연쇄작용.

　런던의 리젠트운하는 오래 전부터 마음속 지도에 저장해
둔 장소였다. 런던에서 유학한 지인이 그곳을 특별히 아꼈
기 때문이다. 일러스트레이터인 그녀는 오죽하면 리젠트운
하를 작업 테마로 삼았는데, 그 작품은 내가 운영하던 책방
한 켠에 한동안 걸려 있다가 여행을 좋아하는 어느 부부에
게 판매된 사연이 있다.

　지도에 따르면 리젠트운하는 런던 시내를 횡으로 가로
지른다. 자연히 입구도 여러 개다. 여의도나 뚝섬의 한강공
원처럼. 그러니 가장 가까운 입구를 찾아 산책을 시작하면
된다. 우리는 엔젤역에서 물길을 따라 동쪽으로 걸었다. 도
착지를 달리 정해두지 않은 채 쉬엄쉬엄. 그러다 다리가 아

프면 적당한 지점에서 빠져나올 생각이었다. 서울에서는 난지한강공원을 시작으로 당산철교를 지나 매번 서강대교 즈음에서 걸음을 되돌리곤 했다. 싸우지 않고 슬렁슬렁 잡담을 나누기 딱 좋은 거리다.

운하 주변은 조깅을 하거나 전망 좋은 테라스에 앉아 맥주를 마시는 로컬들의 차지였다. 청명한 가을 오후. 계절을 닮은 사람들의 표정이 온화하다. 나는 손목에 감긴 카메라 스트랩을 슬그머니 풀어 에코백에 집어넣었다. 언제라도 찍을 준비가 되어 있던 손이 이제야 헐거워진다. 그 손으로 남편과 팔짱을 꼈다.

"근처 펍에서 축구경기 볼까?"

특유의 '오십 대 오십' 톤으로 그가 넌지시 말을 던졌다. '오십 대 오십' 말투란 좀처럼 자기 의견을 터놓는 법 없는 그가 원하는 바를 넌지시 드러낼 때 쓰는 어법이다.

새벽마다 시차를 이겨가며 프리미어리그 중계방송을 보던 뒷모습이 문득 떠올랐다. 비몽사몽 출근하는 얼굴도. 나는 흔쾌히 그러자, 승낙했다. 축구라면 질색인 쪽이지만 이곳은 '싸커'의 고장 런던이고 마침 가뜩이나 맑은 공기가 나

를 관대한 인간으로 북돋아 주는 듯도 했으니까. 무엇보다
계획대로 움직이길 선호하는 플랜맨의 파격에 맞장구를 치
고 싶었다. 그렇게 우리는 얼렁뚱땅 해본 적 없는 무언가를
함께 해보기로 한다.

근처의 펍 몇 곳을 돌아다닌 끝에 축구 중계를 튼 곳을 발
견했다. 구글맵에 등록된 한 줄 리뷰 덕분이었다.

"큰 화면으로 경기를 볼 수 있어 기뻤습니다."

후기 작성자는 '더 베어링 암스 펍'을 떠나며 별점 네 개
를 선사했다.

펍에 도착했을 때 경기는 전반전 무렵이었다.

"오, '손'이네!"

웬일로 내가 먼저 알은 척이다. 해외에서 활동 중인 한국
인 선수라면 스완지 소속의 '기'도 알고 있다. 북아일랜드에
서 살 적에 한국축구리그의 빅팬인 친구가 알려준 것이다.
'기'의 경기를 보기 위해 비행기를 타고 영국 스완지까지 다
녀온 에피소드는 두고두고 그녀의 자랑거리.(현재 '기'는 뉴
캐슬 유나이티드 소속이다.)

벽걸이 TV 바로 아래 테이블은 두 청년의 차지였다. 여

행 중인지 바닥에는 커다란 세계일주용 배낭이 내팽개쳐져
있다. 패스가 엇나갈 때마다 긴 팔로 머리를 부여잡거나 소
파 옆구리를 탕 내리치는 두 사람과 달리 카운터석은 엄숙
한 분위기였다. 단골인 듯싶은 중년 남자 서넛이 이렇다 할
대화 없이 연거푸 맥주만 들이켜고 있다. 우리는 TV 화면
에서 가장 멀리 떨어진 창가 테이블에 자리를 잡았다.

　남편의 생맥주가 절반쯤 남았을 때 애플크럼블과 블랙티
가 나왔다. 장소에 맞지 않는 고상한 메뉴인가 싶어 잠시 망
설였지만 다행히 에이브릴 라빈을 닮은, 입술에 피어싱을
한 종업원이 쿨하게 주문을 받아줬다. 하긴, 영국의 펍은 아
이도 함께 오는 패밀리 레스토랑 같은 곳이니까. 아마도 그
아이들에겐 동네 펍에서 가족들과 선데이비프를 먹던 일요
일이 유년 시절 추억으로 남아 있을 것이다.

　나는 애플크럼블에 얹은 졸인 사과를 티스푼 가득 떠 한
입에 먹어보았다. "더 베어링 암스 펍의 베스트 메뉴는 단연
애플크럼블입니다"라는 리뷰와 함께 별점 네 개를 남길 만
한 풍미. 달고 쓴 시나몬향이 코끝을 간지럽혔다.

　"한입 먹어볼래?"

그는 고개를 가로저었다. 내가 무언가를 권할 때 그 말은 곧 함께 추억하고 싶다는 의미라는 걸, 너는 과연 알고 있을는지.

글을 쓸 때 나는 늘상 같은 걱정에 사로잡힌다. 이토록 사소한 해프닝도 글이 될 수 있을까. 누군가에겐 싱겁다 못해 무미건조한 에피소드이지 않을까. "이런 뻔한 이야기를 잘도 모아 책으로 냈군!" 같은 눈초리가 무서워 빈 화면을 노려보다 한숨 쉬기 일쑤다. 나는 에세이를 쓴다. 나라는 사람의 보잘것없는 경험을, 경험 안의 무수한 감정을 글의 소재로 삼는다. 드물지만 가끔 이런 가정을 세워본다. 만약 내가 소모임을 네다섯 개쯤 나가는 취미부자거나 어디서든 친구를 만드는 사교적인 성격이라면, 수시로 여행을 떠나 낯선 감각을 갱신할 수 있다면, 돈으로 경험을 살 수 있다면 지금보다 훨씬 흥미로운 글을 쓸 수 있지 않을까. 그런 잔꾀를, 절박하게 굴려본다.

하지만 현실은 다르다. 일주일 중 5일은 집에서 글을 쓰고 혼자 밥을 지어 먹는다. 유일한 말동무라고는 퇴근하고 돌아온 남편, 얼마 전 새 식구가 된 고양이가 전부다. 여행이라고 다를까. 어디를 가든 늘 둘이서만 어울리고 먹고 잔다. '이거 간이 좀 약하지 않나?' 싶은 심심한 하루를 보낸다. 멋진 문장이 될 만한 모험 같은 건 일어나지 않는다.

대단한 사람이 되어 누구도 쓸 수 없는 글을 쓰길 바라게 될 때 《배를 놓치고 기차에서 내리다》의 에필로그 속 문장을 되새긴다. "사과파이 냄새가 오븐을 타고 새 나온다. 나는 이 냄새를 가끔 행복의 냄새와 혼동하곤 한다."

이리저리 궁리한들 결국은 자신이 쓸 수 있는 글을 쓸 수밖에 없는 게 아닐까. 이를테면 잠든 남편의 발뒤꿈치를 쓰다듬으며 내일 날씨를 걱정하던 늦은 밤, 어느 펍에서 맡은 졸인 사과 냄새, 손등 위로 포개진 격자무늬 햇살에 관해서. 나를 과장할 수도, 가벼운 기억에 의미 있는 척 무게를 얹을 수도 없다. 달리 설명할 길 없는 사적인 순간들을 주섬주섬 모아 향긋한 사과파이를 완성해보는 수밖에. 여기에 나만의 비밀 레시피 한 스푼을 떠 넣는다면 더욱 근사하겠고.

이런 이야기는 어떨까.

오키나와 북부 비세마을에서의 일이다. 하루는 석양을 보고 돌아오는 길에 이동식 빵가게를 만났다. 자동차 트렁크에 계단식 선반을 쌓아 쇼케이스처럼 개조한 것이다. 확성기를 통해 주인아저씨의 녹음된 목소리가 울려 퍼지는 동안 어디선가 하나둘 사람들이 모여들기 시작했다. 아마도 단골들이겠지. 이미 배가 부른 우리는 호빵맨을 닮은 팥빵 하나를 골라 숙소로 돌아왔다. 문 닫은 식당에선 주인 부부와 야구팀 감독이 술판을 벌인 듯했다. 그 숙소는 식당을 겸한 민박집으로 마침 청소년 야구팀이 단체숙박 중이었다.

"먹어봐, 먹어봐."

얼결에 건네 받은 안주용 스낵을 남편과 하나씩 까먹던 밤. 인터넷도 되지 않는 허름한 다다미방에선 행복의 냄새가 났다. 구수하고 쿰쿰한, 바닷마을의 그 냄새를 이따금 나는 떠올리곤 한다.

여행이라는
자발적 고립

　지난 추석에는 서점을 다녀왔다. 그것도 아주 근사한. 이
곳은 책을 사러 가는 길부터 예사롭지 않다. 도로변에서 몸
을 숨기듯 샛길로 빠지면 바다와 팔짱을 낀 좁은 골목이 나
온다. 그 길에는 귀엽고 사랑스러우면서 어딘가 짭조름한
풍경이 조각 케이크처럼 놓여 있다. 계단 턱에 무성히 자란
로즈마리, 화분을 소파 삼아 조는 길고양이, 수면 위로 부서
지는 가을 햇살. '이 방향이 맞나' 하고서 긴가민가한 표정
을 지을 때쯤 서점은 모습을 드러낸다. 솔솔 원두 볶는 냄새
를 맡았다면 제대로 찾아온 것이다.

　나무로 짠 서가에는 책이 꼼꼼히 꽂혀 있다. 눈 닿는 곳
마다 흘림체로 쓴 시와 소설의 문장이 작게 붙어 있고, 한쪽

벽면은 고양이 그림을 위해 자리를 내주었다. 서점을 향한 애정이 단숨에 한뼘 더 올라가고 만다. 연휴라 그런지 서점은 손님으로 북적인다. 어깨를 비스듬히 비껴가며 책등을 빠르게 훑은 끝에 버지니아 울프를 골라 든다. 책값을 치르고 아이스라테를 주문하자 판매내역을 연필로 쓱쓱 기록하는 주인의 손놀림이 바빠진다. 카운터석에 앉아 음료를 기다리는 동안 시선은 주방 안쪽 주인 부부에게 향한다. 남편이 핸드드립 커피를 내리는 동안 아내는 주문을 받거나 위층으로 음료를 서빙하고 있다. 느슨한 역할분담 속에서 서점이 둥글둥글 굴러가고 있다. 손목서가. 서점명은 두 사람의 이름에서 한 글자씩 따온 것이라고 한다. 손과 목. 한 몸처럼 찰싹 달라붙는 멋진 이름이다.

요즘 나와 남편은 가까운 미래에 대해 자주 이야기 나눈다. 남편이 더이상 회사원의 신분을 유지할 수 없게 되거나 자발적으로 걸어 나온 그때, 우리가 무엇을 함께할 수 있을지 몇 가지 가능성을 가늠해본다. 가장 먼저 떠오르는 장면은 배낭에 맥북과 전용 충전기를 챙겨 넣는 일이다. 요즘에는 '디지털 노마드'라는 특정 상태를 삶의 방식으로 선택한

이들이 늘었다고 한다. 그들은 세상을 부유하는 듯 보이지만 자신의 목적지를 정확히 알고 있다. 아니, 그래야 할 것이다. 여행도 하고 돈도 버는 인생이 그리 호락호락할 리 없을 테니까. 그런 점에서 우리 부부는 디지털 노마드로 살기에 적합하지가 않다. '여행은 여행이지'라는 생각을 버리기 어렵다. 놀면서 일도 하기엔 대한민국 직장인으로 산 시간이 너무 길뿐더러, 1타 2피를 노릴 만큼 부지런하지가 못하다.

어쩌면 공간을 마련해 운영해볼 수도 있겠다. 우선 두 사람이 공통적으로 좋아하는 것을 떠올려본다. 종이, 마스킹테이프, 펜 같은 문구용품이 있는 공간이라면 재밌게 해볼 수 있지 않을까. 디자이너인 남편이 상품을 개발하고, 글 쓰는 내가 홍보와 기획을 맡는다면 가능성이 아주 없지만은 않을 것 같다. 우리는 요리와 그릇에도 관심이 많다. 여행을 떠날 때, 특히 일본에 갈 때는 트렁크 하나를 비워서 떠날 정도다. 각양각색 접시며 컵, 주전자, 지역 특산물을 바리바리 싸 온다. 하지만 이것으로 제대로 돈을 벌기엔 어딘지 부끄럽다. 취미와 애호 이상의 전문적인 감각이 부족하다. 유통 경로에 대해서도 아는 바가 없으니 어디서 시작해야 될지 도통 모르겠다. 소규모 식당이나 카페도 쉽지 않은 길이다. 무엇보다 '나도 카페나 열까'의 마인드라면 절대 사절이다. 책방을 운영할 적에 '나도 책방이나 열까'의 사례를 수없이 지켜보며 이루 말할 수 없는 허무함이 밀려오곤 했으니까. 겉으로 보이는 것 이면에 수많은 시행착오와 좌절, 인내가 산적해 있다는 것을 사람들은 모른다. 그리고 나도 몰랐다. 몰라서 쉽게 뱉은 말들이 뒤늦게 후회스럽다.

사실 진짜 문제는 따로 있다. 디지털 노마드로 국경을 넘나들든, 자영업에 종사하든 그것은 결심의 문제다. 결심하고 실행하면 된다. 오히려 결심을 결심하는 데 있어 내가 걱정되는 건 우리가 서로를 견뎌낼 수 있을지, 수면시간을 제외한 하루의 대부분을 무사히 공유할 수 있을지 여부다.

영화 〈비포 미드나잇〉에서 마침내 부부가 된 셀린느와 제시는 한바탕 싸움 끝에 간신히 화해에 이른다. 그때 셀린느는 장난처럼 묻는다.

"앞으로 56년 동안 나를 버텨낼 수 있겠어?"

나는 영원히 한 사람만 사랑할 순 없어도, 한 사람과의 관

계를 56년 동안 지속하는 건 가능하다고 믿는 쪽이다. 어떻
게든 부여잡고 이해하려 노력하면서 곁에 있는 것. 연애 초
기, 크게 다툰 뒤 남편이 내게 쓴 편지에는 이런 내용이 적
혀 있었다.

"나는 너를 포기하지 않기로 했어."

인생을 통틀어 누군가 내게 건넨 말 중에 그보다 강력한 말
은 없었다. 그리고 앞으로도 없을 것이다.

교토에선 젊은 부부가 운영하는 상점과 식당을 종종 이
용했다. 우연이 겹쳤을 뿐 의도한 건 아니었다. 그런 곳들은
대개 조용한 골목에 위치해 있었다. 간판을 눈에 띄게 걸지
도 않는다. 스트리밍 사이트를 통해 '이 주의 100곡' 같은 리
스트를 배경음악으로 돌리거나 저들끼리 잡담하는 일도 거
의 볼 수 없었다. 적어도 내가 방문한 곳들은 그런 정서적
유사성을 띠었다.

그중에서도 가장 인상적인 공간은 역시 '와이프 앤드 허
즈번드'일 테다. 주택가 한 켠에 오도카니 자리한 이 카페는
교토 주민에게도, 교토를 방문하는 한국인에게도 꽤 유명

한 편이다. 따뜻한 커피가 담긴 보온병과 컵, 간단한 스낵을 라탄 바구니에 담아 제공하는 피크닉세트 때문이다. 세트에 포함된 접이식 캠핑 의자와 식탁, 리넨 테이블보를 챙겨 근처 가모강에서 호젓한 시간을 누리는 것. 와이프 앤드 허즈번드는 커피라는 이름의 여유를 판매한다.

하지만 카페를 한 번이라도 가본 사람은 알 것이다. 이곳의 진짜 매력은 피크닉세트나 앤티크 가구와 소품으로 꾸민 멋스러운 공간이 아니라 주인 부부라는 사실을 말이다.

두 사람에 관해 내가 알고 있는 정보는 그리 많지 않다. 거주 용도의 집을 물색하던 와중에 지금의 낡은 주택을 발견했고, 1층을 카페 겸 로스터리숍으로 고쳐 쓰기로 했다는 것. 그리고 이들에게 어린 딸과 아들이 있으며, 자체 로스팅한 원두에 '도터'와 '선'이라는 이름을 붙였다는 사실 정도다. 카페 내부는 찾아오는 손님 수에 비해 몹시 협소하다. 자연히 2인용 테이블 두 개와 네 사람이 앉을 수 있는 좁은 테이블 바는 늘 만석이다. 밖에는 대기 인원이 담벼락을 따라 줄지어 서 있다.

그런데 나는 어쩔 수 없는 손님의 불편보다는 온종일 이

좁은 공간에서 일하는 부부가 더 신경이 쓰인다. 신경이라고 썼지만 걱정에 더 가까운 심정이다. 한 발짝 움직일 때마다 "실례합니다"라고 말해야 할 것 같은 근무환경이, 타인의 시선과 카메라에 완전히 노출된 상황이 건강해 보이지만은 않는다. 물론 이것은 '나도 책방이나 열까'의 피해의식에 사로잡힌 나의 지나친 염려일지도 모른다. 부지런히 몸을 움직이는 두 사람의 얼굴에서 지친 기색이라곤 거의 느낄 수 없었으니까. 그럼에도 불구하고 의문은 여전하다. 어쩜 저렇게 온화할 수 있지. 나라면 도무지 다정한 미소를 유지할 수 없을 것만 같다. 표정 관리가 안 될 뿐더러 아무 죄 없는 남편에게 버럭 짜증을 내거나, 이유 없이 화가 나서는 싸늘한 눈길을 보낼지도 모른다. 비난의 화살을 남편에게 돌리는 것. 내가 가정할 수 있는 최악의 시나리오다.

와이프 앤드 허즈번드의 웹사이트에는 짧은 소개글과 함께 달력이 걸려 있다. 운영일이 비정기적이거나 그만큼 자주 쉰다는 의미다. 실제로 카페는 일주일에 서너 번만 오픈한다. 일요일은 문을 열지 않는다. 이곳을 오고 싶어 하는 사람이 얼마나 많은지와는 상관없이. 어째서일까. 질문이

돌아오리란 걸 알았다는 듯 소개글에는 이런 문장이 적혀
있다.

"우리는 남편과 아내이자 아버지와 어머니며, 카페를 시작
한 이유 중 하나는 아이들과 가까이 지내기 위해서입니다."

이 글을 보고 '먹고사니즘'과 경제성을 논하는 사람이 있
는가 하면, 다른 누군가는 두 사람의 결정을 지지하고 응원
할 것이다. 외부의 시선, 마땅히 그래야 한다는 상식에서 한
발 비켜나 자신들만의 규칙을 세우고 지켜나가려는 단단한
마음을.

한번은 와이프 앤드 허즈번드 근처 횡단보도에서 여주인
이쿠미 씨를 본 적이 있다. 시그니처 패션인 흰색 리넨 원피
스 차림에, 자전거 바구니에는 들꽃 묶음이 실려 있었다. 나
는 그녀를 한눈에 알아보았다. 카페에서 줄곧 보았던 예의
그 편안한 표정이었다. 그때 생각했다. 아, 이 사람은 진짜
구나. 어떤 척도 없이 진심이구나. 얼마 전 부부는 로스터리
숍 '도터'와 갤러리 '선'을 새로 오픈했다. 카페 사업을 확장
한 셈이다. 하지만 여전히 그들은 일주일 중 나흘만 일하며,
일요일은 가족과 보낸다.

와이프 앤드 허즈번드의 주인 부부가 지키려고 했던 것.
그리고 나와 남편이 지키고 싶은 것은 무엇일까. 그건 아마
도 우리 자신이지 않을까.

나와 남편은 여행 중에 처음 만났다. 그런 계기 때문인지
우리는 이후로도 여행을 자주 다닌다. 혼자일 때보다 더 많
은 시간과 돈을 여행에 쏟고 있다. 허리띠를 졸라야 하는 상
황에서도 올해는 어디도 가지 말자는 제안만큼은 섣불리
하지 않는다. 외식을 줄이고, 쇼핑 목록을 고심해서 짜면 된
다고 생각하는 편이다.

이렇게까지 여행을 고집하는 건 나와 남편이 타고난 여
행광이기 때문이 아니라, 일상을 잘 살아내기 위한 노력에
가까운 것인지도 모른다. 낯선 타지에서 우리는 오로지 두
사람의 신뢰를 바탕으로 모든 걸 결정한다. 얼마짜리 숙소
로 예약할지, 무엇을 먹을지, 왼쪽 길로 갈지 오른쪽 길로
갈지, 하루쯤은 쉬어갈지 강행할지, 행인의 말을 믿을지 말
지, 이 버스를 타는 게 맞는지 아닌지, 미술관을 갈지 서점
을 갈지, 여기서 멈춰야 할지 계속 나아가야 할지. 소소한

취향 선택부터 계획을 송두리째 뒤흔드는 결정까지 수시로
서로의 의사를 수시로 헤아리고 존중하지 않으면 여행은
지속되기 어렵다.

그런 의미에서 나는 여행이라는, 두 사람의 자발적인 고
립상태를 어떻게든 지속해나가고 싶다. 일상의 자질구레한
이해관계에서 해방될 수 있는 기회는 그리 흔치 않기 때문
이다. 조언을 가장한 참견과 오지랖과 괜한 걱정이 따라붙
지 않는 곳에서 나는 우리가 좀 더 대범해질 수 있었으면 좋
겠다. 함께 결정하고 함께 책임지는 것. 그렇게 내린 결정이
때로 아쉬운 결과를 낳더라도 서로를 비난하지 않기로 약
속한다. 자신의 탓으로도 돌리지 않는다. 하지만 약속을 대
번 지킬 만큼 우리의 인내심이 대단치 않은 것 또한 사실이
므로 우선은 허리띠를 졸라가며 여행을 계속해보기로 한
다. 그러다 보면 56년쯤은 서로를 얼렁뚱땅 견딜 수 있을지
도 모를 테니까.

언제나처럼,
조금은 다른 기분으로

여행업계로 전직을 시도한 적이 있다. 가장 먼저 문을 두
드린 곳은 유럽 전역에 지사를 둔 유명 가이드업체였다. 그
곳은 일단 채용이 되더라도 혹독한 연수 과정을 통과해야
정식 가이드로 근무할 수 있는데, 그러기까지 중도 포기자
가 꽤 많은 모양이었다. 발령받은 국가의 역사와 문화, 미술
전반의 지식을 전공자 수준으로 습득하는 과정은 나이가
많든 적든 누구에게나 쉽지 않은 일이다.

채용공고를 기다린 끝에 체코 프라하 지사로 이력서와
자기소개서를 보냈다. 프랑스 파리나 스페인 바르셀로나라
면 더 좋았겠지만, 내가 발 디딘 유럽의 첫 도시가 프라하였
음을 떠올리며 오히려 운명일지도 모른다고 생각했다.

　며칠 뒤 강남의 한 카페에서 면접을 보자는 연락이 왔다. 프라하 지사 담당자가 잠시 한국으로 귀국한 틈에 마련한 자리였다. 실은 나는 이력서를 두 번 보냈다. 탈락의 고배를 마신 뒤 이대로 포기할 수 없어 자기소개서를 다시 썼다. 관련 경험은 없지만 열정만큼은 누구보다 뒤지지 않는다는 점을 특히 강조했다. 연수 과정에서 낙오자가 많다는 후문을 염두에 둔 것이다.

　면접은 20분쯤 진행됐다. 담당자는 남자였는데 그의 부인이라는 사람이 함께 나와 있었다. 질문보다 설명이 많은 자리였다. 현지 가이드로 일하는 삶이 결코 만만치 않다는 점을 연거푸 반복하는 바람에 흡사 경고 방송처럼 들릴 정도였다. 그러다 가끔, 그는 이제야 생각났다는 듯 몇 가지 질문을 던졌다.

　"가장 좋아하는 화가는 누군가요?"

　취향이 아닌 수준을 확인하기 위한 물음 같았다. 나는 에곤 실레라고 답했다. 그리고 바로 후회했다. 열정적인 인재상과 에곤 실레의 우울하고 퇴쇄적인 그림은 어울리지 않는다. 차라리 클림트라면 모를까. 그는 가만히 고개를 끄덕었다.

마지막 질문은 결혼에 관한 것이었다. 당분간은 그럴 계획이 없다는 말에 '남자' 담당자는 "하지만" 하고 말을 끊었다.

"그 또래 여자분들은 기껏 키워놓으면 결혼 때문에 자꾸 일을 관둬서요."

어떤 이유로든, 체코 프라하행은 그렇게 불발됐다.

그 뒤로 줄줄이 탈락 행진이었다. 그중에는 공정여행사의 기획자 채용 면접도 있었다. 청소년을 위한 프로그램 업무를 맡기엔 내가 십 대 아이들에 대한 이해가 부족해 보인다고 했다. 참으로 눈 밝은 실무 담당자였다. 파주에서 진행된 여행잡지사 면접은 그야말로 최악이었다. 면접 전날 신세를 진 친구에게 지난주 헤어진 남자친구 넋두리를 하느라 꼬박 날을 샜고, 간신히 지각을 면했으며, 면접관 앞에서 아무렇게나 떠들도록 나를 내버려두었다. 완전히 망쳐버렸다.

전직에 그토록 매달린 건 내가 다른 삶을 살 수도 있었기 때문이다. 불과 세 달 전 나는 이집트 다합에 있었다. 그곳에서 한국인을 상대로 한 카페의 매니저를 맡으면 어떻겠냐는 제안을 받았다. 아직 구상단계였지만 확실한 투자자가 있었고 수요도 그만하면 충분했다. 분명 돈이 되는 일은 아니었다. 하지만 여행하며 살기엔 부족함이 없어 보였다.

대학생 때 감성깨나 있는 친구들 사이에서 《여행생활자》라는 책이 인기였다. 미니홈피 다이어리에 꼭 한번씩 등장하던 그 책을 읽어보진 않았지만 제목의 뉘앙스만큼은 잊히지 않는다. 여행이 삶이고, 삶이 여행인 인생이라니. 당시 나는 대학 학보사 마감에 365일 묶여 있어 여행은 꿈도 못 꿀 때라 자유니 방랑이니 하는 단어에 쉽게 매료됐다. 배낭 하나에 몸을 의탁한 채 사하라사막을, 티베트의 포탈라궁을, 카라코람 하이웨이를 정처 없이 떠도는 바람 같은 사람이 바로 나이길 꿈꿨다.

하지만 그 이상 진지하게 생각하진 않았다. 곧 졸업 시즌이 닥쳐왔고 모자란 학점을 채운 뒤 서둘러 사회인이 됐다. 그때는 하고 싶은 일이 명확했다. 시사프로그램의 스크립터를 거쳐 학교 선배의 추천으로 예능프로그램의 막내 작가가 된 이후론 모든 게 순식간에 흘러갔다. 정신을 차렸을 땐 두 번의 이직과 1년간의 해외 체류가 끝난 뒤였다. 그때 뜻밖의 기회가 찾아왔다. 여행이 삶이고 삶이 여행인 인생을 살아볼 기회였다.

논의 끝에 카페 오픈은 싱겁게 무산됐다. 자세한 속사정은 모르지만 돈이 문제인 듯했다. 결국 다합의 카페 매니저도, 프라하 구시가지를 누비는 가이드도 되지 못했다. 청소년을 위한 공정여행을 기획하거나, 하루가 멀다 하고 해외로 출장을 떠나는 여행기자가 될 기회도 얻지 못했다. 좌절된 가능성이 아쉬웠지만 의외로 쉽게 체념했다. 여행하면서 돈도 벌다니. 그 얕은 수가 들통 난 것 같아서, 읽지도 않은 책의 제목만 보고서 그런 삶을 부러워한 내가 한심한 것도 같아서.

미국 뉴저지 패터슨시에 사는 패터슨은 버스 운전기사다. 그는 매일 아침 6시 10분 즈음 일어나 튜브 모양의 시리얼을 먹은 뒤 걸어서 출근을 한다. 근무시간 동안 버스를 몰고, 아내 로라와 저녁식사를 하고, 반려견 마빈과의 산책길에 단골 바에 들러 맥주 한잔을 들이켠다. 영화 〈패터슨〉은 회전목마처럼 같은 자리를 맴도는 주인공의 엇비슷한 일상을 보여준다.

상영을 시작한 지 15분쯤 흘렀을까. 특별히 피곤한 것도 아닌데 까무룩 잠이 들었다. 그리고 다시 눈을 떴을 때, 나는 언제 졸았냐는 듯 자연스럽게 영화를 이어갔다. 잠에서 깨기 이전과 이후의 장면 연결이 어색하지 않았다.

패터슨은 시를 쓴다. 시도 쓰는 것이 아니라. 그는 별 일 없는 한 정해진 노선을 따라 도시를 순환하는 23번 버스의 운전석에서 시의 소재를 발견한다. 타고 내리는 승객들의 대화, 앞유리창 너머로 보이는 거리의 풍경 속에서. 식탁 위에 놓인 성냥갑과 출근길에 만난 소녀로부터 시는 시작된다. 일상은 여전한데 그의 비밀 노트는 매일 새로운 시구로 채워진다. 〈패터슨〉의 감독 짐 자무시는 한 인터뷰에서 이런 말을 했다고 한다.

"나는 반복을 사랑한다. 더 정확히는 무엇인가 반복되는 가운데서 일어나는 변주에 흥미가 있다. (…) 우리가 사는 하루하루는 그 전날의 변주이지 않나."

같지만 같지 않다. 어쩌면 여행하는 삶 또한 그런 것일지도 모른다.

일단멈춤을 운영할 때 손님들로부터 자주 들은 말이 있다. 명색이 여행책방인데 공간을 지키느라 정작 여행을 못가서 어떡하느냐고. 그때마다 "꼭 비행기를 타야 여행인가요" 하고 교과서 같은 답을 했는데, 상대가 그 말을 믿었을지는 잘 모르겠다.

언제부터인가 책방을 30분쯤 닫고 산책을 다녔다. 아마도 서가에 꽂힌 수백여 권의 책이 빚더미로 보이기 시작할무렵이었을 것이다. 나쁜 징조였다. 손님이 언제 올지 모르니 아주 멀리 가지는 못했다. 걸어 잠근 문 앞에 전화번호가 적힌 쪽지를 붙여두었다.

"근처에 있습니다. 메시지주세요."

본분을 잊은 자영업자로서 불합격 딱지를 받는다 하더라도 뻔뻔해질 수밖에 없었다. 한자리에서 하염없이 누군가를 기다리다 보면 이유 없이 화가 나거나 자주 울음을 터트리게 된다는 걸 그때 처음 알았다.

코스는 한결같았다. 책방 뒤로 난 소금길을 따라 언덕을차근차근 오른다. 염리동과 아현동, 대흥동 일대에 두루 걸친 이 산책로는 걷는 재미가 쏠쏠하다. 골목이 하도 복잡해

서 나 같은 방향치는 매번 길을 잃기 십상일 정도다. 제시간 안에 돌아가야 한다는 부담감에 매일 같은 골목을 왕복했지만 가끔은 산책길에 약간의 변화를 부여했다. 오늘은 첫 번째 골목에서 우회전, 내일은 두 번째 골목에서 우회전. 어디서 꺾든 결국 한 길로 통하지만 이런 소소한 변주가 나를 즐겁게 만들기 때문이다. 그 길에 어제는 보지 못한 길고양이 가족의 은신처를 발견하기도 하고, 갓 꽃망울을 터트린 나무를 만나기도 했다. 염리동에서 아현동으로 넘어가는 지점의 높은 언덕에서는 맑은 날과 구름 낀 날 하늘의 차이를 확연히 느낄 수 있다.

그렇게 산책을 마치고 책방으로 돌아오면 숨통이 트였다. 마음을 가다듬고 다시 누군가를 하염없이 기다릴 수 있게 됐다. 언제나처럼. 하지만 조금은 다른 기분으로.

어제와 같은 길을 걷는 오늘 새로운 무언가를 발견했다면, 어제의 나는 몰랐던 사실을 오늘의 내가 깨달았다면, 그래서 일상의 시야가 한 뼘쯤 더 넓어졌다면 그것을 여행이라 부를 수 있지 않을까. 요즘 나는 매일같이 비행기를 타지 않으면서도 여행을 이야기하는 사람으로 살고 있다. 여행책을 팔고, 여행에 관한 글을 쓰고, 심지어 그런 활동으로 돈도 번다. 어디에도 가지 않은 채 내 작은 방 책상 위에서 이 모든 일이 일어나고 있다. 그러니 어쩌면 이런 인생도 여행 같은 삶이라 할 수 있지 않을까.

–

어제와 같은 길을 걷는 오늘 새로운 무언가를 발견했다면
어제의 나는 몰랐던 사실을 오늘의 내가 깨달았다면
그래서 일상의 시야가 한 뼘쯤 더 넓어졌다면
그것을 여행이라 부를 수 있지 않을까.

–

빼기의 여행

초판 1쇄 발행 2019년 4월 2일
2쇄 발행 2019년 5월 10일

지은이 송은정

발행인 이재진
본부장 김정현 **편집인** 김남연 **책임편집** 라일락
마케팅 권영선 **홍보** 박현아 최새롬 **제작** 류정옥

디자인 어나더페이퍼

주소 서울시 마포구 잔다리로 105 잇다빌딩 5층 웅진씽크빅 걷는나무
주문전화 02-3670-1595 **팩스** 02-3143-5508
문의전화 031-956-7213(편집), 031-956-7500(마케팅)
홈페이지 www.wjbooks.co.kr **페이스북** www.facebook.com/wjbook
블로그 blog.naver.com/walkingbooks **이메일** walkingbooks@naver.com
포스트 post.naver.com/wj_booking
발행처 ㈜웅진씽크빅
임프린트 걷는나무
출판신고 1980년 3월 29일 제406-2007-000046호

©송은정 2019(저작권자와 맺은 특약에 따라 검인을 생략합니다)
ISBN 978-89-01-23061-0 03810

* 이 도서의 국립중앙도서관 출판예정도서목록(CIP)은 서지정보유통지원시스템 홈페이지(http://seoji.nl.go.kr)와 국가자료공동목록시스템(http://www.nl.go.kr/kolisnet)에서 이용하실 수 있습니다. (CIP2019009289)

* 책값은 뒤표지에 있습니다.
* 잘못된 책은 구입하신 곳에서 바꾸어드립니다.